卞尺丹几乙し丹卞と
Translated Language Learning

Alices Abenteuer im Wunderland

Приключенията на Алиса в страната на чудесата

Lewis Carroll

Луис Карол

Deutsch / Български

Runter in den Kaninchenbau
Надолу по заешката дупка

Alice fing an, sehr müde zu werden
Алис започна да се уморява много
Sie saß neben ihrer Schwester auf der Grasbank
Тя седеше до сестра си на тревния бряг
aber sie hatte nichts zu tun
Но тя нямаше какво да прави
Ihre Schwester las ein Buch
сестра й четеше книга
Ein- oder zweimal schaute Alice in das Buch
веднъж или два пъти Алис надникна в книгата
aber das Buch enthielt keine Bilder oder Gespräche
Но в книгата нямаше снимки или разговори
"Was nützt ein Buch ohne Bilder?", dachte Alice
"Каква полза от книга без картинки?" – помисли си Алиса
"Warum sollte ein Buch keine Gespräche führen?"
"Защо една книга няма разговори?"
Aber sie hatte noch andere Dinge zu bedenken

но имаше други неща за обмисляне
"Es wäre ein Vergnügen, eine Kette aus Gänseblümchen zu machen"
"Правенето на верига от маргаритки би било удоволствие"
"Aber lohnt es sich, aufzustehen und die Gänseblümchen zu pflücken??"
— Но струва ли си усилията да станеш и да береш маргаритки?
Das war nicht so leicht zu denken
Не беше толкова лесно да се мисли за това
weil sie sich an diesem Tag schläfrig und dumm fühlte
защото денят я караше да се чувства сънлива и глупава
aber plötzlich wurden ihre Gedanken unterbrochen
но изведнъж мислите й бяха прекъснати
ein weißes Kaninchen mit rosa Augen lief dicht an ihr vorbei
Бял заек с розови очи тича близо до нея

Es war nichts übermäßig Bemerkenswertes an dem Kaninchen

Нямаше нищо прекалено забележително в заека

und Alice fand das Kaninchen auch nicht bemerkenswert

и Алиса също не смяташе, че заекът е забележителен

auch überraschte es sie nicht, als das Kaninchen sprach

нито пък я изненада, когато Заекът проговори

»O je! Ich werde zu spät kommen!« sagte er zu sich selbst

— О, скъпа! Ще закъснея! — каза си той

aber dann tat das Kaninchen etwas, was Kaninchen nicht tun

но след това Заекът направи нещо, което зайците не направиха

das Kaninchen zog eine Uhr aus der Westentasche

Заекът извади часовник от джоба на жилетката си

Er schaute auf die Uhr und eilte dann weiter

Той погледна времето и забърза напред

Alice erhob sich erstaunt

Алиса се изправи на крака, изумена

Sie hatte noch nie zuvor ein Kaninchen mit Weste gesehen!

Никога преди не беше виждала заек с жилетка!

noch hatte sie je ein Kaninchen mit einer Uhr gesehen!

нито пък някога беше виждала заек с часовник!

Alice brannte vor neuer Neugierde

Алиса гореше от ново любопитство

und sie rannte über das Feld hinter dem Kaninchen her

и тя хукна през полето след Заека

Sie kam gerade noch rechtzeitig, um das Kaninchen verschwinden zu sehen

Тя беше точно навреме да види как заекът изчезва

Das Kaninchen hüpfte in einen großen Kaninchenbau hinab

Заекът скочи в голяма заешка дупка

Im nächsten Augenblick stürzte Alice hinter dem Kaninchen her!

След миг Алиса падна след заека!

Der Kaninchenbau ging geradeaus wie ein Tunnel

Заешката дупка вървеше право като тунел

und der Tunnel ging noch eine Weile weiter

и тунелът продължи известно разстояние

und dann senkte sich der Weg plötzlich hinunter

И тогава пътеката изведнъж се спусна надолу

Alice hatte keinen Augenblick, daran zu denken, ob sie sich zurückhalten sollte

Алиса нямаше нито миг да помисли да спре

Sie fiel hin und hinunter und hinunter

Тя се озова да пада надолу и надолу, и надолу

Es schien, als sei sie in einen sehr tiefen Brunnen gefallen

изглеждаше, че е паднала в много дълбок кладенец

Entweder war der Brunnen sehr tief, oder sie fiel sehr langsam

Или кладенецът беше много дълбок, или тя падаше много бавно

denn sie hatte viel Zeit zum Fallen

защото имаше достатъчно време да падне

Als sie fiel, konnte sie sich umsehen

докато падаше, можеше да се огледа наоколо

Zuerst versuchte sie herauszufinden, wohin sie ging

Първо се опита да разбере къде отива

aber der Brunnen war zu dunkel, um etwas zu sehen

но кладенецът беше твърде тъмен, за да се види нещо

Dann blickte sie auf die Seiten des Brunnens

След това погледна стените на кладенеца

Und sie bemerkte, dass überall um sie herum Schränke standen

и забеляза, че навсякъде около нея има шкафове

und rings um den Brunnen waren Bücherregale

а навсякъде около кладенеца имаше рафтове с книги

Hier und da sah sie Karten und Bilder, die an Pflöcken hingen

тук-там виждаше карти и картини, окачени на колчета

Im Vorbeigehen nahm sie ein Glas aus einem der Regale

Тя свали буркан от един от рафтовете, докато минаваше покрай него

Das Glas wurde für seinen Inhalt gekennzeichnet

бурканът е етикетиран заради съдържанието си
"MARMELADE AUS ORANGEN"
"МАРМАЛАД ОТ ПОРТОКАЛИ"
Aber zu ihrer großen Enttäuschung war das Marmeladenglas leer
но за нейно голямо разочарование бурканът с мармалад беше празен
Sie wollte das leere Marmeladenglas nicht fallen lassen
Тя не искаше да изпусне празния буркан с мармалад
und ihr Fall war sehr langsam
и падането й беше много бавно
So schaffte sie es, das Marmeladenglas in einen der Schränke zu stellen
Така че тя успя да постави буркана с мармалад в един от шкафовете
Nieder, hinunter, hinunter fiel sie!
Надолу, надолу, надолу тя пада!
Würde der Fall jemals ein Ende haben?
Дали падението някога ще приключи?
Es gab nichts anderes zu tun
Нямаше какво друго да се направи
so fing Alice bald an, mit sich selbst zu reden
така че Алис скоро започна да говори сама на себе си
»Dinah wird mich heute abend sehr vermissen, sollte ich meinen!«
— Струва ми се, че много ще липсвам на Дина тази вечер!
Dinah war Alices Katze
Дина беше котката на Алис
»Ich hoffe, sie werden sich an ihre Untertasse mit Milch zur Teezeit erinnern.«
— Надявам се, че ще си спомнят чинийката с мляко по време на чай.
»Dinah, meine Liebe, ich wünschte, du wärst hier unten bei mir!«
— Дина, скъпа моя, иска ми се да си тук долу с мен!
Alice fühlte, als würde sie einschlafen
Алиса почувства, че дреме

Und dann plötzlich, dumpf! Bums!

И след това изведнъж туп! Туп!

Sie fiel auf einen Haufen Stöcke

Надолу тя падна върху купчина пръчки

und sie landete auf einem Haufen trockener Blätter

и тя кацна на купчина сухи листа

Und endlich war der lange Sturz in das Loch vorbei

и накрая дългото падане в дупката приключи

Alice war kein bisschen verletzt

Алиса не беше ни най-малко наранена

und sie sprang in einem Augenblick auf

и тя скочи за миг

Sie blickte auf, aber es war alles dunkel über ihr

Тя вдигна поглед, но всичко беше тъмно над главата му

Vor ihr lag ein weiterer langer Korridor

пред нея имаше друг дълъг коридор

und das weiße Kaninchen war noch in Sicht

а Белият заек все още се виждаше

Er eilte den Korridor hinunter

Той бързаше по коридора

Es war kein Augenblick zu verlieren

Нямаше нито миг за губене

davonlief Alice wie der Wind

Алиса побягна като вятъра.

um die Ecke drehte sich das Kaninchen

Зад ъгъла се обърна заекът

Sie kam gerade noch rechtzeitig, um das Kaninchen zu hören

Тя беше точно навреме да чуе заека

"Oh, meine Ohren und Schnurrhaare"

"О, ушите и мустаците ми"

"Wie spät es wird!"

— Колко късно става!

Sie war dicht hinter dem Kaninchen

Тя беше близо до заека

Sie bog um eine weitere Ecke

Тя се обърна зад друг ъгъл

aber das Kaninchen war nicht mehr zu sehen

но Заекът вече не се виждаше

Sie befand sich in einer langen, niedrigen Halle

Тя се озова в дълга, ниска зала

Der Saal wurde von einer Reihe von Deckenlampen erleuchtet

Залата беше осветена от редица таванни лампи

Überall im Saal gab es Türen

Имаше врати из цялата зала

aber alle Türen waren verschlossen

Но всички врати бяха заключени

Sie ging den ganzen Weg an der einen Seite des Flurs hinunter

Тя вървеше по целия път от едната страна на коридора

Und sie war den ganzen Weg auf der anderen Seite des Flurs hinaufgegegangen

и беше извървяла целия край на коридора

Sie hatte jede Tür ausprobiert

Беше опитала всяка врата

Und sie ging traurig in der Mitte des Saales entlang

и тя тръгна тъжно по средата на коридора

"Wie komme ich da mal wieder raus?"

— Как ще изляза отново?

Plötzlich stieß sie auf einen kleinen Tisch

Изведнъж тя се натъкна на малка масичка

Der Tisch wurde komplett aus massivem Glas gefertigt

масата беше направена изцяло от масивно стъкло

Auf dem Tisch lag nichts als ein winziger goldener Schlüssel

На масата нямаше нищо освен малък златен ключ

Der Schlüssel könnte zu einer der Türen gehören!

ключът може да принадлежи на някоя от вратите!

Aber ach! Einige der Schlösser waren zu groß für die Schlüssel

но, уви! Някои от ключалките бяха твърде големи за ключовете

und für die anderen Schlösser war der Schlüssel zu klein

а за другите ключалки ключът беше твърде малък

aber auf jeden Fall öffnete der Schlüssel keine der Türen

но във всеки случай ключът не отвори нито една от
вратите
Aber was sollte sie tun?
Но какво трябваше да прави?
Sie ging wieder durch den Saal
Тя отново мина през коридора
Und diesmal bemerkte sie einen niedrigen Vorhang
и този път забеляза ниска завеса
Hinter dem Vorhang war eine kleine Tür
зад завесата имаше малка врата
Die Tür war etwa fünfzehn Zoll hoch
вратата беше висока около петнадесет инча
Sie probierte den kleinen goldenen Schlüssel im Schloss aus
Тя опита малкия златен ключ в ключалката
Und zu ihrer großen Freude passte der Schlüssel ins Schloss!
и за нейна голяма радост ключът се побра в ключалката!
Alice öffnete die Tür
Алис отвори вратата
und sie fand, daß die Tür in einen kleinen Korridor führte
и намери вратата, водеща към малък коридор
Der Korridor war nicht viel größer als ein Rattenloch
коридорът не беше много по-голям от дупка за плъхове
Sie kniete nieder und blickte den Korridor entlang
Тя коленичи и погледна по коридора
Und sie sah den schönsten Garten, den du je gesehen hast
И тя видя най-прекрасната градина, която някога сте
виждали
**wie sehr sie sich danach sehnte, aus dieser dunklen Halle
herauszukommen**
Как копнееше да излезе от тази тъмна зала
**wie sie sich wünschte, zwischen diesen leuchtenden Blumen
zu wandern**
как й се искаше да се скита сред тези ярки цветя
Wie cool die Erfrischung dieser Brunnen aussah
Колко готино освежаващи изглеждаха тези фонтани
**aber sie konnte nicht einmal ihren Kopf durch die Tür
stecken**

но тя дори не можа да прокара главата си през вратата
»Oh,« sagte Alice traurig
— О, — каза Алиса тъжно
»wie sehr wünschte ich, ich könnte mich zusammenfalten wie ein Fernrohr!«
— Как ми се иска да можех да се сгъна като телескоп!
"Ich glaube, ich könnte mich zusammenfalten wie ein Teleskop"
"Мисля, че мога да се сгъна като телескоп"
"Wenn ich nur wüsste, wie ich anfangen sollte"
"Само ако знаех как да започна"
Alice ging zurück an den Tisch
Алиса се върна на масата
Es bestand die Möglichkeit, einen weiteren Schlüssel zu finden
имаше шанс да намеря друг ключ
Oder es gibt ein Buch mit Regeln
или може да има книга с правила
Das Buch könnte ihr sagen, wie man sich wie ein Teleskop zusammenfaltet
Книгата може да й каже как да се сгъне като телескоп
Diesmal fand sie ein Fläschchen
Този път тя намери малко шишенце
"Diese Flasche war gewiß vorher nicht hier," sagte Alice
— Тази бутилка със сигурност не е била тук преди — каза Алис
Und um den Flaschenhals war ein Papieretikett gebunden
а около гърлото на бутилката беше завързан хартиен етикет
Das Etikett war wunderschön in großen Buchstaben gedruckt
Етикетът беше красиво отпечатан с големи букви
"TRINK MICH"
"ПИЙ МЕ"
»Nein, ich werde erst nachsehen«, sagte sie
— Не, първо ще погледна — каза тя
"Ich werde sehen, ob die Flasche als giftig gekennzeichnet

ist oder nicht."

— Ще видя дали бутилката е маркирана като отровна или не.

weil sie die Lektion über das Gift nie vergessen hat

защото никога не е забравила урока за отровата

"Wenn eine Flasche als giftig gekennzeichnet ist, wird sie Ihnen bestimmt nicht zustimmen"

"Ако бутилката е етикетирана като отровна, тя със сигурност няма да се съгласи с вас"

Diese Flasche war jedoch nicht als giftig gekennzeichnet

Тази бутилка обаче не беше маркирана като отровна

so wagte Alice es, den Inhalt der Flasche zu kosten

така че Алиса се осмели да опита съдържанието на бутилката

Sie fand die Flüssigkeit ganz nach ihrem Geschmack

Тя намери течността за много подходяща за нея

Das Getränk hatte einen gemischten Geschmack

Напитката имаше нещо като смесен вкус

Kirschkuchen, Vanillepudding und Ananas

Черешов тарт, крем и ананас

Gebratener Truthahn, Toffee und Toast mit heißer Butter

печена пуйка, карамел и препечен хляб с горещо масло

und bald trank sie die Flasche aus

и скоро тя допи бутилката

"Was für ein merkwürdiges Gefühl!" sagte Alice

— Какво странно чувство! — каза Алиса

"Ich klappe mich zusammen wie ein Teleskop!"

"Сгъвам се като телескоп!"

Und sie faltete sich tatsächlich zusammen wie ein Teleskop!

И тя наистина се сгъваше като телескоп!

Sie war jetzt nur noch zehn Zentimeter groß

Сега тя беше висока само десет инча

und ihr Gesicht erhellte sich bei ihren Gedanken

и лицето й се озари от мислите й

Jetzt hatte sie die richtige Größe für das Türchen

сега тя беше с правилния размер за малката врата

Jetzt konnte sie in diesen schönen Garten gehen

Сега можеше да влезе в онази прекрасна градина
Bald hörte sie auf, kleiner zu werden
скоро тя спря да става по-малка
Sie beschloß, sofort in den Garten zu gehen
Тя реши веднага да отиде в градината
aber wehe der armen Alice!
но, уви за бедната Алиса!
Sie kam zur Tür
Стигна до вратата
Aber sie hatte den kleinen goldenen Schlüssel vergessen
но беше забравила малкия златен ключ
Sie ging zurück zum Tisch, um den Schlüssel zu holen
Тя се върна на масата за ключа
aber sie merkte, daß sie nicht hoch genug greifen konnte
но откри, че не може да стигне достатъчно високо
Sie konnte den Schlüssel ganz deutlich durch das Glas sehen
Тя можеше да види ключа съвсем ясно през стъклото
Sie versuchte, die Beine des Tisches hinaufzuklettern
Тя се опита да се покатери по краката на масата
Aber das Glas war viel zu rutschig
но стъклото беше твърде хлъзгаво
Irgendwann erschöpfte sie sich mit dem Versuch
В крайна сметка се умори да се опитва
Und das arme kleine Mädchen setzte sich hin und weinte
а горкото момиченце седна и заплака
Alice sprach ziemlich scharf mit sich selbst
Алиса заговори на себе си доста остро
"Komm, es hat keinen Zweck, so zu weinen!"
— Хайде, няма смисъл да плачеш така!
"Ich rate dir, gleich aufzuhören!"
"Съветвам ви да спрете точно сега!"
Sie gab sich im Allgemeinen sehr gute Ratschläge
Като цяло тя си даваше много добри съвети
obwohl sie nur sehr selten ihren eigenen Rat befolgte
въпреки че много рядко следваше собствените си съвети
und sie war manchmal zu streng mit sich selbst

и понякога беше твърде сурова към себе си
und ihre Worte trieben ihr Tränen in die Augen
и думите й предизвикаха сълзи в очите й.
Bald fiel ihr Blick auf einen kleinen Glaskasten
Скоро погледът й падна върху малка стъклена кутия
Der kleine Glaskasten lag unter dem Tisch
Малката стъклена кутия лежеше под масата
In dem Glaskasten befand sich ein sehr kleiner Kuchen
В стъклената кутия имаше много малка торта
Auf dem Kuchen waren einige Worte schön geschrieben
на тортата бяха красиво написани няколко думи
die Worte waren in Johannisbeeren markiert worden
Думите бяха отбелязани в касис
"MICH ESSEN"
"ИЗЯЖ МЕ"
"Nun, ich werde den Kuchen essen," sagte Alice
— Е, ще изям тортата — каза Алиса
"Und wenn mich der Kuchen größer werden lässt, kann ich den Schlüssel erreichen"
"И ако тортата ме накара да стана по-голям, мога да стигна до ключа"
"Und wenn mich der Kuchen kleiner werden lässt, kann ich unter die Tür kriechen"
"И ако тортата ме накара да стана по-малка, мога да се промъкна под вратата"
"Also so oder so komme ich in den Garten"
"Така че така или иначе ще вляза в градината"
"Und es ist mir egal, was von beidem passiert!"
— И не ме интересува кое от двете ще се случи!
Sie aß ein wenig von dem Kuchen
Тя изяде малко от тортата
und sie sprach ängstlich zu sich selbst:
и тя разтревожено си каза:
"In welche Richtung? In welche Richtung?"
— Накъде? Накъде?
und sie hielt die Hand auf den Kopf
и тя държеше ръката си на главата си

Sie wollte spüren, in welche Richtung sie wuchs

Искаше да почувства по какъв начин расте

Sie war ganz überrascht, als sie erfuhr, was geschehen war

Тя беше доста изненадана да разбере какво се е случило

Sie war gleich groß geblieben!

Тя беше останала със същия размер!

Also verdoppelte sie dieses Mal ihre Bemühungen

Така че този път тя удвои усилията си

Und bald war der ganze Kuchen fertig

и скоро тя довърши цялата торта

Der Pool der Tränen
Локвата от сълзи

"Das wird immer interessanter!" rief Alice

— Става все по-интересно! — извика Алиса

Man kann sehen, dass sie sehr überrascht war

Можете да видите, че тя беше много изненадана

"Ich öffne mich wie das größte Teleskop, das es je gab!"

"Отварям се като най-големия телескоп, който някога е имало!"

»Auf Wiedersehen, Füße! Oh, meine armen kleinen Füße"

— Довиждане, крака! О, горките ми малки крачета"

"Ich frage mich, wer euch jetzt die Schuhe anziehen wird, meine Lieben?"

— Чудя се кой ще ви обуе обувките сега, скъпи?

»und ich frage mich, wer Ihre Strümpfe anziehen wird?«

— И се чудя кой ще ти сложи чорапи?

"Ich werde viel zu weit weg sein"

"Ще бъда твърде далеч"

"Ich werde mich nicht mehr um dich kümmern können"

"Няма да мога повече да се занимавам с теб"

In diesem Augenblick schlug ihr Kopf gegen etwas

Точно в този момент главата й се удари в нещо

Sie hatte das Dach des Saales erreicht

Беше стигнала до покрива на залата

Tatsächlich war sie jetzt mehr als zwei Meter groß

всъщност сега тя беше висока повече от два метра

und sie ergriff sogleich den kleinen goldenen Schlüssel

и тя веднага взе малкия златен ключ

und sie eilte zur Gartentür

и тя побърза към вратата на градината

Arme Alice! Es gab nicht viel, was sie tun konnte

Горката Алиса! Нямаше какво да направи

Sie legte sich auf die Seite

Тя легна на една страна

Und sie blickte mit einem Auge in den Garten hinein

и тя погледна в градината с едно око

Aber durchzukommen war hoffnungsloser denn je

Но да се справя беше по-безнадеждно от всякога
Sie setzte sich und fing wieder an zu weinen
Тя седна и отново започна да плаче
Sie fuhr fort, literweise Tränen zu vergießen
Тя продължи да пролива галони сълзи
Bald war ein großer Pool um sie herum
скоро около нея имаше голям басейн
und das Wasser reichte bis zur Hälfte des Flurs
и водата стигна до средата на коридора
Nach einer Weile hörte sie ein leises Getrappel von Füßen
След известно време тя чу леко тропане на краката
Sie hörte die Füße aus der Ferne kommen
Тя чу краката да идват отдалеч
Und sie trocknete sich hastig die Augen, um zu sehen, was kommen würde
и тя бързо избърса очите си, за да види какво предстои
Es war das weiße Kaninchen, das zurückkehrte
Завръщането на Белия заек
Er war prächtig gekleidet
той беше великолепно облечен
Er hatte ein Paar weiße Handschuhe in der einen Hand
Той държеше чифт бели ръкавици в едната ръка
Und in der anderen Hand hatte er einen großen Federfächer
а в другата ръка имаше голям ветрило от пера
Er kam in großer Eile dahergetrabt
Той вървеше в тръс с голяма бързина
und er murmelte vor sich hin: »Ach! die Herzogin, die Herzogin!«
и промърмори на себе си: "О! херцогинята, херцогинята!"
»Ach! wird sie nicht wild sein, wenn ich sie habe warten lassen?«
— О! няма ли да бъде дива, ако я накарам да чака!

Als das Kaninchen in ihre Nähe kam, sprach Alice

Когато Заекът се приближи до нея, Алиса заговори

aber sie sprach mit leiser, schüchterner Stimme

но тя говореше с нисък, плах глас

"Sir, bitte hören Sie für einen Moment auf, was Sie tun"

"Сър, моля, спрете това, което правите за момент"

Das Kaninchen erschrak heftig

Заекът се стресна силно

Er ließ die weißen Handschuhe und den Federfächer fallen

Той пусна белите ръкавици и ветрилото с пера

und er eilte fort in die Dunkelheit, so schnell er konnte

и той се втурна в мрака колкото може по-бързо

Alice hob den Federfächer und die Handschuhe auf

Алиса вдигна ветрилото и ръкавиците

Und sie fächelte sich immer wieder Luft zu, während sie sprach

и тя продължаваше да се вее, докато продължаваше да говори

»Liebes, liebes Kind! Wie seltsam ist das alles heute!"

— Скъпа, скъпа! Колко странно е всичко днес!"

"Gestern ging es weiter wie bisher"

"Вчера нещата вървяха както обикновено"

"War ich heute Morgen noch so, als ich aufgestanden bin?"

— Същият ли бях, когато станах тази сутрин?

"Aber wenn ich nicht mehr derselbe bin, dann ist das eine andere Frage"

"Но ако не съм същият, има друг въпрос"

"Wer in aller Welt bin ich?"

"Кой съм аз?"

"Ah, das ist das große Rätsel!"

"О, това е страхотният пъзел!"

Während sie das sagte, blickte sie auf ihre Hände hinunter

Докато каза това, тя погледна надолу към ръцете си

Sie trug einen der kleinen weißen Handschuhe des Kaninchens

Тя носеше една от белите ръкавици на зайците

Sie hatte nicht bemerkt, dass sie den Handschuh angezogen hatte, während sie sprach

Не беше забелязала, че си сложи ръкавицата, докато говореше

"Wie konnte ich das machen?" dachte sie

"Как можех да направя това?" помисли си тя

"Ich muss wieder klein werden"

"Трябва отново да съм малък"

Sie stand auf und ging zum Tisch, um ihre Größe zu messen

Тя стана и отиде до масата, за да измери височината си

Sie stellte fest, dass sie jetzt etwa einen halben Meter groß war

Тя открила, че сега е висока около половин метър

und sie schrumpfte immer noch schnell

и тя все още се свиваше бързо

Bald fand sie heraus, was die Ursache für das Schrumpfen war

Скоро тя разбра каква е причината за свиването

Der Federfächer machte sie wieder kleiner!

ветрилото на перата я правеше отново по-малка!

Und sie ließ hastig den Federfächer fallen

и тя бързо пусна ветрилото с пера

Sie ließ den Federfächer gerade noch rechtzeitig fallen, um sich zu retten

Тя пусна ветрилото с пера точно навреме, за да се спаси

Hätte sie sich noch länger Luft zugefächelt, wäre sie völlig zusammengeschrumpft

Ако се беше развеяла повече, щеше да се свие напълно

»Das war ein knappes Entkommen!« sagte Alice

— Това беше косъм да се измъкне! — каза Алиса

und sie erschrak sehr über die plötzliche Veränderung

и тя беше много уплашена от внезапната промяна

aber sie war sehr froh, daß sie noch da war

но тя беше много щастлива, че все още съществува

"Und jetzt ab in den Garten!"

— А сега към градината!

Und sie lief mit aller Geschwindigkeit zurück zu der kleinen Tür

И тя се затича с пълна скорост обратно към малката врата

Aber ach! Das Türchen wurde wieder geschlossen

но, уви! Малката врата отново се затвори

Und das goldene Schlüsselchen lag wieder auf dem Glastisch

и малкият златен ключ отново лежеше на стъклената маса

"Es ist schlimmer als je!" dachte das arme Kind

"Нещата са по-лоши от всякога", помисли си горкото дете

"So klein war ich noch nie, niemals!"

"Никога преди не съм била толкова малка, никога!"

Bei diesen Worten rutschte ihr Fuß aus

Докато каза тези думи, кракът й се подхлъзна

Und im nächsten Augenblick gab es ein großes Plätschern!

и в друг миг се чу голям плясък!

Sie stand bis zum Kinn im Salzwasser

Беше до брадичка в солена вода

Ihre erste Idee war, dass sie irgendwie ins Meer gefallen war

Първата й идея беше, че по някакъв начин е паднала в морето

Sie erkannte jedoch bald, worin sie sich befand
Скоро обаче тя осъзна в какво се намира
Sie war in einer Tränenlache
тя беше в локва от сълзи
**die Tränen, die sie geweint hatte, als sie zwei Meter groß
war**
сълзите, които беше изплакала, когато беше висока два
метра

In diesem Augenblick hörte sie etwas
Точно тогава тя чу нещо.
Etwas plätscherte im Pool herum
нещо се пръскаше в басейна
Das Plätschern kam aus einiger Entfernung
пръскането дойде малко отдалеч
**und sie schwamm näher, um zu sehen, was das Plätschern
war**

и тя доплува по-близо, за да види какво е пръскането

Bald sah sie, dass es nur eine kleine Maus war

Скоро видя, че това е само малка мишка

Auch die kleine Maus war ins Wasser geschlüpft

Малката мишка също се беше промъкнала във водата

Alice dachte bei sich über die Situation nach

Алиса се замисли за ситуацията

"Würde es etwas nützen, mit dieser Maus zu sprechen?"

— Ще има ли полза да говоря с тази мишка?

"Hier unten steht alles auf dem Kopf"

"Тук всичко е толкова обърнато с главата надолу"

"Ich denke, es ist sehr wahrscheinlich, dass diese Maus sprechen kann."

— Мисля, че е много вероятно тази мишка да говори.

"Es schadet jedenfalls nicht, es zu versuchen"

"Във всеки случай, няма нищо лошо в опитите"

Also begann sie zu versuchen, mit der Maus zu sprechen

Затова тя започна да се опитва да говори с мишката

"Oh Maus, kennst du den Weg aus diesem Pool?"

- О, Мишка, знаеш ли изхода от този басейн?

"Ich bin es leid, hier herumzuschwimmen, oh Maus!"

— Много ми омръзна да плувам тук, о, Мишка!

Die Maus schaute sie ziemlich neugierig an

Мишката я погледна доста любопитно

Die Maus schien mit einem ihrer kleinen Augen zu blinzeln

Мишката сякаш намигна с едно от малките си очи

Aber die kleine Maus sagte nichts

Но малката мишка не каза нищо

"Vielleicht versteht die Maus kein Englisch!" dachte Alice

"Може би мишката не разбира английски", помисли си Алиса

"Ich wage zu behaupten, es ist eine französische Maus"

"Смея да твърдя, че това е френска мишка"

"Vielleicht kam diese Maus mit Wilhelm dem Eroberer herüber"

"Може би тази мишка е дошла с Уилям Завоевателя"

Also fing sie wieder an, auf Französisch

Така че тя започна отново, на френски
"Wo ist meine Katze?", fragte sie auf Französisch
"Къде ми е котката?", попита тя на френски
es war der erste Satz in ihrem französischen Unterrichtsbuch
това беше първото изречение в нейния урок по френски
Die Maus machte einen plötzlichen Sprung aus dem Wasser
Мишката внезапно изскочи от водата
Und die Maus schien am ganzen Leibe vor Schreck zu zittern
и мишката сякаш трепереше от страх
"Oh, ich bitte um Verzeihung!" rief Alice hastig
— О, моля за извинение! — извика Алиса припряно
Sie fürchtete, sie habe die Gefühle des armen Tieres verletzt
Тя се страхуваше, че е наранила чувствата на горкото животно
"Ich habe ganz vergessen, dass du keine Katzen magst"
— Съвсем забравих, че не обичаш котки.
"Ich mag keine Katzen!" rief die Maus mit schriller, leidenschaftlicher Stimme
— Не обичам котки! — извика Мишката с писклив страстен глас
"Hättest du gerne Katzen, wenn du ich wärst?"
— Бихте ли искали котки, ако бяхте на мое място?
Alice tröstete die Maus in einem beruhigenden Ton
Алиса успокои мишката с успокояващ тон
"Naja, vielleicht würde ich an deiner Stelle auch keine Katzen mögen"
- Е, може би и аз нямаше да харесвам котки, ако бях на твое място.
"Bitte ärgern Sie sich nicht über die Erwähnung von Katzen"
"Моля, не се ядосвайте за споменаването на котки"
"Und doch wünschte ich, ich könnte dir unsere Katze Dina zeigen"
"И все пак ми се иска да можех да ти покажа нашата котка Дина"
"Wenn du sie treffen würdest, würdest du wohl Gefallen an Katzen finden"

— Ако я срещнеш, мисля, че ще ти харесат котките.
"Wenn du sie nur sehen könntest"
"Само ако можеше да я видиш"
"Sie ist so ein liebes, stilles Ding"
"Тя е толкова скъпа, тиха нещо"
Die Maus zitterte am ganzen Körper
Мишката трепереше навсякъде
Alice war sich sicher, dass die Maus wirklich beleidigt sein musste
Алиса беше сигурна, че мишката наистина е обидена
"Wir reden nicht mehr über sie, wenn du lieber nicht willst"
— Няма да говорим повече за нея, ако предпочиташ да не го правиш.
"Wir, allerdings!" rief die Maus
— Ние, наистина! — извика Мишката
Die Maus zitterte bis zum Ende ihres Schwanzes
мишката трепереше до края на опашката си
»Als ob ich über so ein Thema reden würde!«
— Сякаш искам да говоря на такава тема!
"Unsere Familie hat Katzen schon immer gehasst"
"Нашето семейство винаги е мразило котките"
"Katzen; Gemeine, niedrige, gemeine Dinger!"
"Котки; гадни, низки, вулгарни неща!"
"Laß mich den Namen nicht noch einmal hören!"
— Не ми позволявай да чуя името отново!
"Katzen will ich ja nicht mehr erwähnen!" sagte Alice
— Всъщност няма да споменавам повече котки! — каза Алиса
Sie hatte es sehr eilig, das Thema zu wechseln
тя много бърза да смени темата
"Bist du... Lieben Sie Hunde?«
— Ти ли си... Обичате ли кучета?
"Es gibt so einen netten kleinen Hund in der Nähe unseres Hauses."
"Има толкова хубаво малко куче близо до къщата ни",
"Ich möchte dir den kleinen Hund zeigen!"
— Бих искал да ви покажа малкото куче!

"Dieser kleine Hund tötet alle Ratten und...

"Това малко куче убива всички плъхове и...

»O je!« rief Alice in traurigem Tone

— О, скъпа! — извика Алиса с тъжен тон

»Ich fürchte, ich habe dich schon wieder beleidigt!«

— Страхувам се, че отново те обидих!

Die Maus schwamm so schnell sie konnte von ihr weg

Мишката плуваше далеч от нея толкова бързо, колкото можеше

Und die Maus machte einen ziemlichen Aufruhr im Tümpel

и мишката направи доста суматоха в басейна

Da rief sie leise der Maus nach

Затова тя тихо извика след мишката

"Meine liebe Maus, komm bitte zurück!"

"Скъпа моя мишка, моля те, върни се!"

"Und wir werden nicht über Katzen sprechen"

"И няма да говорим за котки"

"Und über Hunde müssen wir auch nicht reden"

"И не е нужно да говорим за кучета"

Als die Maus das hörte, drehte sie sich um

Когато мишката чула това, тя се обърнала

Und die kleine Maus schwamm langsam zu ihr zurück

и малката мишка бавно доплува обратно към нея

Das Gesicht der Maus war ganz blaß

лицето на мишката беше доста бледо

Und die Maus sprach mit leiser, zitternder Stimme

и мишката заговори с нисък, трепереш глас

"Lasst uns ans Ufer gehen"

"Да стигнем до брега"

"Und dann erzähle ich dir meine Geschichte"

"И тогава ще ви разкажа моята история"

"Und du wirst verstehen, warum ich Katzen und Hunde hasse"

"И ще разберете защо мразя котки и кучета"

Es war höchste Zeit zu gehen

Беше крайно време да си тръгваме

weil der Pool ziemlich voll wurde

защото басейнът ставаше доста претъпкан
Andere Vögel und Tiere waren in den Pool gefallen
други птици и животни бяха паднали в басейна
es gab eine Ente und einen Dodo
имаше Патица и Додо
und da waren ein Lory-Vogel und ein Adler
и имаше птица Лори и орлето
und es gab noch einige andere interessant aussehende Kreaturen
Имаше и няколко други интересни същества
Alice führte den Weg aus dem Pool
Алиса изведе пътя към басейна
und die ganze Gesellschaft der Tiere schwamm ans Ufer
и цялата група животни доплува до брега

Ein Caucus-Rennen und ein langer Schwanz
Надпревара на партийни събрания и дълга опашка
Es waren in der Tat ein lustig aussehender Haufen Tiere
Те наистина бяха странно изглеждащи животни
und sie versammelten sich alle am Ufer des Wassers
и всички се събраха на брега на водата
die Vögel hatten alle zerzauste Federn
всички птици имаха опърпани пера
und die pelzigen Tiere waren durchnässt
и косматите животни бяха напоени през
und alle waren triefend nass, genervt und unwohl
и всички бяха мокри, раздразнени и неудобни

Es gab eine Frage, die zuerst beantwortet werden musste
Имаше един въпрос, на който първо трябваше да се отговори
Was ist der beste Weg für alle, um trocken zu werden?
Кой е най-добрият начин всички да изсъхнат?
Sie hatten eine Konsultation zu diesem Thema
Те проведоха консултация по този въпрос
Bald waren sie alle auf vertrautem Einvernehmen
скоро всички бяха в познати отношения
Es war, als ob sie sie ihr ganzes Leben lang gekannt hätte

сякаш ги познаваше през целия си живот
Die Maus schien eine Person mit einer gewissen Autorität zu sein
Мишката изглеждаше човек с някакъв авторитет
"Setzt euch, ihr alle, und hört mir zu!
— Седнете всички и ме слушайте!
"Ich werde euch bald wieder alle trocken machen!"
— Скоро ще ви накарам да изсъхнете отново!
Sie setzten sich alle auf einmal in einem großen Ring nieder
Всички седнаха наведнъж, в голям кръг
Und die kleine Maus saß in der Mitte
а малката мишка седеше по средата
"Ähm!" sagte die Maus mit einer wichtigen Miene
— Хм! — каза мишката с важно изражение
"Seid ihr bereit?"
— Готови ли сте?
"Das ist das Trockenste, was ich kenne"
"Това е най-сухото нещо, което познавам"
»Schweigen Sie ringsum, wenn Sie wollen!«
"Тишина наоколо, ако позволите!"
"Wilhelm der Eroberer wurde vom Papst begünstigt"
"Уилям Завоевателят беше облагодетелстван от папата"
"aber er wurde bald von den Engländern unterworfen"
"но скоро той беше подчинен от англичаните"
"Sie wollten in letzter Zeit Führer"
"Напоследък искаха лидери"
"Und sie waren an Macht und Eroberung gewöhnt"
"И те бяха свикнали с власт и завоевания"
"Edwin und Morcar, die Grafen von Mercia und Northumbria"
"Едуин и Моркар, графовете на Мерсия и Нортумбрия"
»Pfui!« sagte der Lori-Vogel mit einem Schauer
— Уф! — каза птицата лори с треперене
"und sogar Stigand, der patriotische Erzbischof von Canterbury"
"и дори Стиганд, патриотичният архиепископ на Кентърбъри"

"Er fand es auch ratsam"

"Той също го намери за препоръчително"

"Was hielt er für ratsam?" fragte die Ente

— Какво намери за препоръчително? — попита патицата

"Er fand es ratsam", antwortete die Maus ziemlich verärgert

— Намери го за препоръчително — отвърна мишката
доста сърдито

aber die Ente war nicht zufrieden

Но патицата не беше доволна

"Natürlich weißt du, was 'es' bedeutet"

"Разбира се, знаете какво означава "то"

"Ich weiß, was es ist, wenn ich etwas finde," sagte die Ente

— Знам какво е "то", когато намеря нещо — каза патицата

"Es ist in der Regel ein Frosch oder ein Wurm"

"Обикновено това е жаба или червей"

"Die Frage ist, was hat der Erzbischof gefunden?"

"Въпросът е какво е открил архиепископът?"

Die Maus bemerkte diese Frage nicht

Мишката не забеляза този въпрос

Stattdessen fuhr die Maus hastig mit der Rede fort

Вместо това мишката бързо продължи речта

"Er fand es ratsam, mit Edgar Atheling zu gehen"

"Той намери за препоръчително да отиде с Едгар Ателинг"

"um William zu treffen und ihm die Krone anzubieten"

"да се срещне с Уилям и да му предложи короната"

fuhr die Maus fort und wandte sich dabei an Alice

мишката продължи и се обърна към Алиса, докато
говореше

»Wie geht es dir jetzt, meine Liebe?«

— Как си сега, скъпа моя?

»So naß wie immer,« sagte Alice in melancholischem Tone

— Мокро както винаги — каза Алиса с меланхоличен тон

"Diese Geschichte scheint mich überhaupt nicht
auszutrocknen"

"Тази история изобщо не ме изсушава"

»In diesem Falle,« sagte der Dodo feierlich und erhob sich

— В такъв случай — каза тържествено додото и се изправи

на крака

"Ich stimme dafür, dass die Sitzung vertagt wird"

"Гласувам заседанието да бъде отложено"

"und ich schlage vor, sofort energischere Heilmittel zu ergreifen"

"и предлагам незабавно приемане на по-енергични лекарства"

"Sprich wahre Worte!" sagte der Adler

— Говори истински думи! — каза орлетото

"Ich weiß nicht, was die Hälfte dieser langen Worte bedeutet"

"Не знам значението на половината от тези дълги думи"

»und außerdem glaube ich nicht, daß Sie es wissen!«

— И нещо повече, не вярвам, че и ти знаеш!

»Was ich sagen wollte«, sagte der Dodo in beleidigtem Ton

— Какво щях да кажа — каза додо с обиден тон

"Das Beste, was uns trocken kriegt, wäre ein Caucus-Rennen"

"Най-доброто нещо, което да ни изсуши, би било надпревара"

»Was ist ein Caucus-Rennen?« fragte Alice

— Какво е партийна надпревара? — попита Алиса

"Nun", sagte der Dodo, "der beste Weg, es zu erklären, ist, es zu tun."

"Е", казал додо, "най-добрият начин да го обясня е да го направиш."

"Zuerst steckte der Dodo eine Rennbahn ab"

"Първо додо очерта хиподрум"

"Die Strecke verlief in einer Art Kreis"

"Пистата беше в нещо като кръг"

"Und dann wurde die ganze Gesellschaft entlang der Strecke platziert"

"И тогава цялата група беше разположена по трасето"

Es gab kein "Eins, zwei, drei und weg!"

Нямаше "Едно, две, три и далеч!"

aber sie fingen an zu rennen, wann sie wollten

но те започнаха да бягат, когато пожелаят

Und sie beendeten auch, wenn sie wollten

и те също завършиха, когато пожелаха

Es war also nicht einfach zu wissen, wann das Rennen vorbei war

така че не беше лесно да се разбере кога състезанието е приключило

Nach etwa einer halben Stunde Laufen waren sie alle ziemlich trocken

след около половин час бягане всички бяха доста сухи

der Dodo rief plötzlich: "Das Rennen ist vorbei!"

Додо изведнъж извика: "Състезанието свърши!"

Und sie drängten sich alle um den Dodo

и всички се тълпяха около додо

Alle Tiere hechelten und schnauften

Всички животни се задъхваха и надуваха

und sie alle wollten wissen: "Aber wer hat gewonnen?"

и всички искаха да знаят: "Но кой е спечелил?"

Diese Frage konnte der Dodo nicht sofort beantworten

На този въпрос додото не можа да отговори веднага

Zuerst musste er sehr viel nachdenken

Първо трябваше да помисли много

Nach langem Nachdenken sprach der Dodo schließlich

След дълго размишление додо най-накрая проговори
"Jeder hat gewonnen, und jeder muss Preise haben"
"Всеки е спечелил и всеки трябва да има награди"
»Aber wer soll die Preise geben?« fragte ein Chor von Stimmen
— Но кой ще даде наградите? — попита хор от гласове
"Nun, sie natürlich", sagte der Dodo
— Е, тя, разбира се — каза додо
und der Dodo deutete mit einem Finger auf Alice
и додото посочи с един пръст към Алис
und die ganze Gesellschaft von Tieren drängte sich um sie
и цялата група животни се тълпяха около нея
sie riefen verwirrt: »Preise! Preise!"
те извикаха объркано: "Награди! Награди!"
Alice hatte keine Ahnung, was sie tun sollte
Алиса нямаше представа какво да прави
Verzweifelt steckte sie die Hand in die Tasche
В отчаяние тя пъхна ръка в джоба си
Und sie zog eine Schachtel mit Süßigkeiten hervor
и извади кутия със сладкиши
Glücklicherweise war das Salzwasser nicht in den Kasten gelangt
За щастие солената вода не беше попаднала в кутията
Und sie reichte die Süßigkeiten als Preise herum
и раздаде сладкишите като награди
Es gab genau ein Stück für jeden
Имаше точно едно парче за всеки
Das nächste, was sie tun mussten, war, die Süßigkeiten zu essen
Следващото нещо, което трябваше да направят, беше да изядат сладкишите
Dies verursachte einige Geräusche und Verwirrung
Това предизвика известен шум и объркване
Die großen Vögel klagten, dass sie ihre Süßigkeiten nicht schmecken konnten
Големите птици се оплакваха, че не могат да вкусят сладкишите си

Die Kleinen verschluckten sich und mussten auf den Rücken geklopft werden
малките се задавиха и трябваше да бъдат потупвани по гърба
Doch dann war es endlich vorbei
Най-накрая обаче всичко приключи
Und sie setzten sich wieder in einem Ring nieder
И те отново седнаха на ринг
Und sie flehten die Maus an, ihnen noch etwas zu erzählen
и те помолиха мишката да им каже нещо повече
»Du hast versprochen, mir deine Geschichte zu erzählen, weißt du,« sagte Alice
— Обеща ми да ми разкажеш историята си, нали знаеш — каза Алиса
und sie machte noch eine kleine Bemerkung über Katzen im Flüsterton
и направи още една малка забележка за котките шепнешком
Sie wollte die Maus nicht noch einmal beleidigen
Тя не искаше да обиди мишката отново
die kleine Maus drehte sich zu Alice um und seufzte
малката мишка се обърна към Алис и въздъхна
"Meine Geschichte ist lang und traurig!"
"Моята история е дълга и тъжна!"
»Es ist gewiß ein langer Schwanz,« sagte Alice
— Разбира се, това е дълга опашка — каза Алиса
Und sie blickte verwundert auf den Schwanz der Maus hinunter
и тя погледна с учудване опашката на мишката
"Aber warum nennst du es einen traurigen Schwanz?"
— Но защо го наричаш тъжна опашка?
Und sie rätselte unaufhörlich, während die Maus sprach
И тя продължаваше да се озадачава, докато мишката говореше
so daß ihre Vorstellung von der Geschichte ungefähr so aussah
така че нейната идея за приказката беше нещо подобно

"Fury said to
a mouse, That
he met in the
house, 'Let
us both go
to law: *I*
will prosecute
you.—
Come, I'll
take no denial:
We must have
the trial;
For really
this morning
I've
nothing
to do.'
Said the
mouse to
the cur,
'Such a
trial, dear
sir, With
no jury
or judge,
would
be wasting
our
breath.'
'I'll be
judge,
I'll be
jury,'
said
cunning
old
Fury;
I'll
try
the
whole
cause,
and
condemn
you to
death.'"

Fury sagte zu einer Maus, die er im Haus getroffen hat."

Яростта каза на една мишка, че се срещна в къщата."

Lasst uns beide vor Gericht gehen: Ich werde euch anklagen

Нека и двамата да се забърнем към съда: аз ще ви преследвам

Kommen Sie, ich leugne es nicht: Wir müssen den Prozeß haben

Хайде, няма да отрека: Трябва да имаме съда.

Denn heute morgen habe ich wirklich nichts zu tun

Защото наистина тази сутрин нямам какво да правя.

Sagte die Maus zum Pfarrer;

— каза мишката на курата;
Ein solcher Prozeß, lieber Herr, ohne Geschworene und Richter, würde uns den Atem rauben
Такъв процес, скъпи господине, без съдебни заседатели или съдия, би ни изпилял дъха
»Ich werde Richter sein, ich werde Geschworener sein«, sagte der schlaue alte Fury
— Аз ще бъда съдия, ще бъда съдебен заседател — каза хитрият стар Фюри
Ich werde die ganze Sache prüfen und dich zum Tode verurteilen
Ще опитам цялата кауза и ще те осъдя на смърт.
die Maus sprach streng zu Alice
мишката заговори строго на Алис
"Du passt nicht auf!"
— Не обръщаш внимание!
"Woran denkst du?"
— За какво мислиш?
»Ich bitte um Verzeihung,« sagte Alice sehr demütig
— Моля за извинение — каза Алиса много смирено
»Sie waren in der fünften Kurve angelangt, glaube ich?«
— Мисля, че сте стигнали до петия завой?
"Du beleidigst mich, indem du so einen Unsinn redest!"
— Обиждаш ме, като говориш такива глупости!
Und die Maus stand auf und ging weg
Мишката стана и си тръгна
Alice rief der kleinen Maus hinterher
Алиса извика след малката мишка
"Bitte komm zurück und beende deine Geschichte!"
"Моля, върнете се и довършете историята си!"
Und die andern stimmten alle in den Chor ein
И всички останали се присъединиха в хор
"Ja, bitte beenden Sie Ihre Geschichte!"
"Да, моля те, довърши историята си!"
Aber die Maus schüttelte nur ungeduldig den Kopf
Но мишката само поклати глава нетърпеливо
Und die kleine Maus ging ein wenig schneller

и малката мишка вървеше малко по-бързо
"Ich wünschte, ich hätte Dinah, unsere Katze, hier!" sagte Alice
— Иска ми се да имах тук Дина, нашата котка! — каза Алиса
Dies erregte in der Partei ein bemerkenswertes Aufsehen
Това предизвика забележителна сензация сред партията
Einige der Vögel eilten sofort davon
Някои от птиците веднага побързаха да си тръгнат
und ein Kanarienvogel rief mit zitternder Stimme seinen Kindern zu;
и едно канарче извика с треперещ глас на децата си;
»Kommt fort, meine Lieben!«
— Махай се, скъпи мои!
"Es ist höchste Zeit, dass ihr alle im Bett seid!"
— Крайно време е всички да си легна!
Mit verschiedenen Ausreden gingen sie alle weg
С различни извинения всички си тръгнаха
und Alice war bald allein
и скоро Алиса остана сама
"Ich wünschte, ich hätte Dina nicht erwähnt!"
— Иска ми се да не бях споменала Дина!
"Niemand scheint sie hier unten zu mögen"
"Изглежда никой не я харесва тук"
"Aber ich bin mir sicher, dass sie die beste Katze von der Welt ist!"
— Но съм сигурен, че тя е най-добрата котка на света!
Die arme Alice fing wieder an zu weinen
Горката Алиса отново започна да плаче
weil sie sich sehr einsam und niedergeschlagen fühlte
защото се чувстваше много самотна и потисната
Nach einer Weile aber hörte sie wieder etwas
След малко обаче тя отново чу нещо
ein leises Getrappel von Schritten in der Ferne
малко тропане на стъпки в далечината
und sie blickte eifrig auf
и тя вдигна нетърпеливо поглед

Der Hase schickt den kleinen Mr. Bill herein
Заекът изпраща малкия г-н Бил

Es war das weiße Kaninchen, das langsam wieder zurücktrabte

Това беше белият заек, който бавно се връщаше обратно

Er sah sich ängstlich um, während er ging

Той се оглеждаше тревожно, докато вървеше

Er sah aus, als hätte er etwas verloren

изглеждаше така, сякаш беше загубил нещо

Alice hörte, wie er vor sich hin murmelte

Алиса го чу да мърмори на себе си

»Die Herzogin! Die Herzogin! Oh, meine lieben Pfoten!"

— Херцогинята! Херцогинята! О, мили мои лапи!

"Oh, mein Fell und meine Schnurrhaare!"

— О, козината и мустаците ми!

"Sie wird mich hinrichten lassen, da bin ich mir sicher"

"Тя ще ме екзекутира, сигурен съм в това"

"Genauso sicher, wie Frettchen Frettchen sind!"

"Също толкова сигурно, колкото поровете са порове!"

"Wo kann ich meine Sachen abgestellt haben, frage ich

mich?"

— Чудя се къде съм изпуснал нещата си?

Alice erriet in einem Augenblick, was er suchte

Алиса се досети за миг какво търси

Er war auf der Suche nach dem Federfächer

Той търсеше ветрилото на перата

Und er suchte nach dem Paar weißer Handschuhe

и търсеше чифт бели ръкавици

So machte sie sich sehr gutmütig auf die Suche nach den Handschuhen

Затова тя много добродушно започна да търси ръкавиците

Und sie suchte auch nach dem Federfächer

и тя потърси ветрилото на перата

Aber die Handschuhe und der Federfächer waren nirgends zu sehen

но ръкавиците и ветрилото от пера не се виждаха никъде

Alles schien sich verändert zu haben, seit sie im Pool geschwommen war

Всичко изглежда се е променило, откакто плува в басейна

Nichts war mehr so, wie es war, seit sie in der Großen Halle gewesen war

нищо не беше същото, откакто беше в голямата зала

und der Glastisch war verschwunden

и стъклената маса беше изчезнала

Und die kleine Tür war auch nicht da

И малката врата също не беше там

Sehr bald bemerkte das Kaninchen Alice

Много скоро заекът забеляза Алис

rief er ihr in zornigem Ton zu

Той я извика с гневен тон

"Mary Ann, was machst du hier draußen?"

— Мери Ан, какво правиш тук?

"Lauf in diesem Moment nach Hause"

"Бягай вкъщи този момент"

"Und hol mir ein Paar Handschuhe und einen Federfächer!"

— И ми донесете чифт ръкавици и ветрило от пера!

"Und beeil dich!"

— И побързай!

Alice sprach mit sich selbst, als sie davonrannte

Алиса говори на себе си, докато бягаше

"Er muss mich für sein Hausmädchen gehalten haben!"

— Сигурно ме е сбъркал с прислужницата си!

"Wie überrascht wird er sein, wenn er herausfindet, wer ich bin!"

"Колко изненадан ще бъде, когато разбере кой съм!"

Während sie dies sagte, stieß sie auf ein hübsches Häuschen

Като каза това, тя се натъкна на спретната малка къща

An der Tür des Hauses hing eine helle Messingplatte

На вратата на къщата имаше ярка месингова плоча

"W. HASE"

"У. ЗАЕК"

Sie trat ein, ohne an die Tür zu klopfen

Тя влезе, без да почука на вратата.

und sie eilte geradewegs die Treppe hinauf

И тя забърза направо горе

sie machte sich Sorgen, dass sie die echte Mary Ann treffen könnte

тя се притесняваше, че може да срещне истинската Мери Ан

denn dann würde sie aus dem Haus gejagt werden

защото тогава тя щеше да бъде изгонена от къщата

Und sie würde den Federfächer und die Handschuhe nicht finden können

и нямаше да може да намери ветрилото с пера и ръкавиците

Alice hatte den Weg in ein aufgeräumtes Kämmerlein gefunden

Алиса беше намерила пътя си в подредена малка стая

Im Zimmer stand ein Tisch am Fenster

В стаята имаше маса до прозореца

und auf dem Tisch stand ein Federfächer

а на масата имаше ветрило от пера

Und da waren zwei oder drei Paar winzige weiße Handschuhe

и имаше два-три чифта малки бели ръкавици
Sie hob den Federfächer und ein Paar Handschuhe auf
Тя вдигна ветрилото с пера и чифт ръкавици
und sie war eben im Begriff, das Zimmer zu verlassen
и тъкмо се канеше да излезе от стаята
Aber dann fiel ihr Blick auf ein Fläschchen
но тогава погледът й падна на малко шишенце
Sie entkorkte die Flasche und führte sie an ihre Lippen
Тя отпуши бутилката и я постави до устните си
"Ich hoffe, dass ich dadurch wieder groß werde"
"Надявам се, че това ще ме накара да стана голяма отново"
"Ich bin es leid, so ein winziges Ding zu sein!"
"Омръзна ми да бъда толкова малко нещо!"
Alice hatte kaum die halbe Flasche getrunken
Алиса едва беше изпила половината бутилка
Ihr Kopf drückte bereits gegen die Decke
главата й вече се притискаше към тавана
und sie musste sich bücken
и трябваше да се наведе
um ihr das Genick vor dem Genickbruch zu bewahren
за да спаси врата си от счупване.
Hastig stellte sie die Flasche ab
Тя бързо остави бутилката
"Das reicht"
"Това е напълно достатъчно"
"Ich hoffe, ich wachse nicht mehr"
"Надявам се да не растя повече"
Leider! Es war zu spät, das zu wünschen!
Уви! Беше твърде късно да си пожелаем това!
Sie wuchs und wuchs weiter
Тя продължаваше да расте и да расте
und sehr bald musste sie sich auf den Boden knien
и много скоро трябваше да коленичи на пода
und selbst dann wuchs sie weiter
и дори тогава тя продължи да расте
Als letztes Mittel streckte sie einen Arm aus dem Fenster
Като последен ресурс тя извади едната си ръка през

прозореца
und sie setzte einen Fuß auf den Schornstein
и тя вдигна единия крак в комина
"Jetzt kann ich nicht mehr, was auch immer passiert"
"Сега не мога да направя повече, каквото и да се случи"
»Was wird aus mir?«
— Какво ще стане с мен?

Alice hatte Glück
Алис имаше късмет
Das kleine Zauberfläschchen hatte seine volle Wirkung entfaltet
Малкото вълшебно шишенце имаше пълния си ефект
und Alice wurde nicht größer, als sie war
и Алиса не стана по-голяма, отколкото беше
Nach ein paar Minuten hörte sie draußen eine Stimme
След няколко минути тя чу глас отвън
Und sie blieb stehen, um der Stimme zu lauschen
и тя спря да се вслуша в гласа
»Mary Ann! Mary Ann!« sagte die Stimme
— Мери Ан! Мери Ан! — каза гласът

"Hol mir gleich meine Handschuhe!"

- Донеси ми ръкавиците ми този момент!

Dann ertönte ein leises Getrappel von Füßen auf der Treppe

След това дойде леко тропане на крака по стълбите

Alice wusste, dass es das Kaninchen war, das kam, um sie zu suchen

Алиса знаеше, че заекът идва да я търси

und sie zitterte, bis sie das Haus erschütterte

и тя трепереше, докато разтърси къщата

Sie vergaß ganz, welche Proportionen sie hatte

Тя съвсем забрави какви са пропорциите й

Sie war tausendmal so groß wie das Kaninchen

Тя беше хиляда пъти по-голяма от заека

und sie hatte keinen Grund, sich vor einem Kaninchen zu fürchten

и нямаше причина да се страхува от заек

Bald kam das Kaninchen an die Tür heran

Скоро заекът се приближи до вратата

Und das kleine Kaninchen versuchte, die Tür zu öffnen

и малкото зайче се опита да отвори вратата

Die Tür begann sich nach innen zu öffnen

вратата започна да се отваря навътре

aber Alices Ellbogen wurde hart gegen die Tür gedrückt

но лакътят на Алис беше силно притиснат към вратата

Dieser Versuch erwies sich als Fehlschlag

Този опит се оказва неуспешен

Alice hörte, wie das Kaninchen mit sich selbst sprach

Алиса чу заека да говори сам на себе си

"Dann gehe ich herum und steige durch das Fenster ein"

"Тогава ще отида и ще вляза през прозореца"

"Das wirst du nicht!" dachte Alice

— Че няма да го направиш! — помисли си Алиса

und sie wartete wieder ein wenig

и тя отново изчака малко

Bald hörte sie das Kaninchen gerade unter dem Fenster

Скоро тя чу заека точно под прозореца

Plötzlich streckte sie ihre Hand aus

Тя изведнъж протегна ръка
Und sie machte einen Sprung in die Luft
И тя се измъкна във въздуха.
Sie bekam nichts in die Finger
Тя не се сдоби с нищо
aber sie hörte einen kleinen Schrei und einen Sturz
но чу лек писък и падане
und sie hörte ein Krachen von zerbrochenem Glas
и чу трясък на счупено стъкло
Vielleicht war das Kaninchen gefallen
Може би заекът е паднал
Vielleicht war er in einem Gewächshaus
може би е бил в оранжерия
Dann ertönte eine zornige Stimme; Die Stimme des Kaninchens
След това се чу ядосан глас; Гласът на заека
"Pat, wo bist du?"
— Пат, къде си?
Und dann ertönte eine Stimme, die sie noch nie zuvor gehört hatte
И тогава дойде глас, който никога преди не беше чувала
"Euer Ehren, ich bin hier!"
— Ваша чест, тук съм!
"Ich grabe nach Äpfeln"
"Копая за ябълки"
»Hier! Komm und hilf mir da raus!"
— Тук! Ела и ми помогни да се измъкна от това!"
»Nun sag mir, Pat, was ist das da im Fenster?«
— А сега ми кажи, Пат, какво има това на прозореца?
"Sicher, Euer Ehren, ich werde es Ihnen sagen"
"Разбира се, ваша чест, ще ви кажа"
"Das ist ein Arm, der im Fenster steckt!"
"Това е ръка, която е в прозореца!"
"Na ja, da hat ein Arm nichts zu suchen"
"Е, ръката няма работа там"
"Geh und nimm den Arm weg!"
— Иди и махни ръката!

Hierauf trat ein langes Schweigen ein

След това настъпи дълго мълчание

und Alice konnte nur ab und zu ein Flüstern hören

а Алиса можеше да чува само шепот от време на време

und endlich streckte sie die Hand wieder aus

и накрая отново протегна ръка

Und sie machte einen weiteren Sprung in die Luft

И тя направи още едно изтръгване във въздуха

Diesmal gab es zwei kleine Schreie

Този път се чуха два малки писъка

und es gab noch mehr Geräusche von zerbrochenem Glas

и се чуваха още звуци от счупено стъкло

"Ich möchte wohl wissen, was sie nun tun werden!" dachte Alice

"Чудя се какво ще правят след това!" помисли си Алиса

"Ich wünschte, sie würden mich aus dem Fenster ziehen"

"Иска ми се да ме издърпат през прозореца"

Sie wartete eine Weile

Тя изчака известно време

aber eine Weile hörte sie nichts mehr

но известно време тя не чуваше нищо повече

Endlich ertönte das Rumpeln kleiner Rädchen

Най-накрая се чу тътен на малки колела

Und da ertönten viele Stimmen

И се чу звук на много гласове

Alle Stimmen sprachen miteinander

Всички гласове говореха заедно.

Sie konnte einige der Worte verstehen

Тя можеше да различи някои от думите

"Wo ist die andere Leiter?"

— Къде е другата стълба?

"Bill hat die andere Leiter"

"Бил има другата стълба"

"Bill, komm her!"

— Бил, ела тук!

"Wird das Dach die Last tragen?"

"Покривът ще понесе ли товара?"

"Wer will schon den Schornstein hinuntergehen?"

— Кой иска да слезе по комина?

»Nein, das werde ich nicht! Du machst es!"

— Не, няма да го направя! Направете го!"

»Hier, Bill!«

— Ето, Бил!

"Der Meister sagt, du musst in den Schornstein hinunter!"

— Господарят казва, че трябва да слезеш по комина!

Alice zog ihren Fuß so weit den Schornstein hinab, wie sie konnte

Алиса дръпна крака си колкото се може по-надолу по комина

Und dann wartete sie, was kommen würde

и след това зачака да види какво предстои

Sie hörte ein kleines Tier kratzen und krabbeln

Чу малко животно да се драска и да се катери

Das Tierchen muss sich im Schornstein befinden

малкото животно трябва да е в комина

dann gab sie einen scharfen Tritt

След това нанесе един остър ритник

Und sie wartete ab, was als nächstes geschehen würde

и тя чакаше да види какво ще се случи след това

Sie hörte einen allgemeinen Chor von Stimmen

тя чу общ хор от гласове

"Da geht Bill!", sagten alle

— Ето го Бил! — казаха всички

Dann hörte sie allein die Stimme des Kaninchens

Тогава тя чу гласа на заека сама

"Du an der Hecke, fang ihn!"

— Ти до живия плет, хвани го!

Es trat wieder ein Augenblick des Schweigens ein

Настъпи още един миг мълчание

Und dann gab es wieder ein Stimmengewirr

и след това настъпи ново объркване на гласовете

"Halt seinen Kopf hoch, Brandy"

- Вдигни главата му, Бренди.

"Pass auf, dass du ihn nicht würgst"

"Внимавайте да не го удушите"
"Was ist mit dir passiert?"
— Какво се случи с теб?
Zuletzt kam eine kleine, schwache, quietschende Stimme
Накрая се чу слаб, писклив глас
"Nun, ich weiß es kaum mehr"
"Е, почти не знам повече"
"Danke euch allen, mir geht es jetzt besser"
"Благодаря на всички, сега съм по-добре"
"Es gibt eine Sache, an die ich mich erinnern kann"
"Има едно нещо, което мога да си спомня"
"Irgendetwas kommt auf mich zu wie ein Zug im Tunnel"
"Нещо идва при мен като влак в тунел"
"Und ich fliege hoch wie eine Rakete!"
— И летя като небесна ракета!
Es gab ein oder zwei Minuten des Schweigens
Настъпи минута или две мълчание
Und dann fingen sie wieder an, sich zu bewegen
и след това отново започнаха да се движат
und Alice hörte das Kaninchen wieder sprechen
и Алиса чу Заека да говори отново
"Ein Karren voll reicht für den Anfang"
"Като начало ще свърши работа"
"Einen Karren voll wovon?" dachte Alice
"От какво?" — помисли си Алиса
Aber sie wurde nicht lange in Atem gehalten
Но тя не беше държана дълго в напрежение
**Ein Regen von kleinen Kieselsteinen drang durch das
Fenster**
През прозореца се стичаше дъжд от малки камъчета
und einige der kleinen Kieselsteine trafen sie im Gesicht
и някои от малките камъчета я удариха в лицето
Alice wunderte sich über die kleinen Kieselsteine
Алиса беше изненадана от малките камъчета
all die kleinen Kieselsteine verwandelten sich in Kuchen
всички малки камъчета се превръщаха в сладкиши
und eine glänzende Idee kam ihr in den Kopf

и в главата й хрумна светла идея
"Einen von diesen Kuchen sollte ich essen"
"Трябва да изям една от тези торти"
"Der Kuchen wird sicher etwas an meiner Größe ändern"
"Тортата със сигурност ще промени размера ми"
Also schluckte sie einen der Kuchen
Така че тя погълна една от тортите
und sie freute sich, als sie feststellte, dass sie anfing zu schrumpfen
и с радост установи, че започва да се свива
Bald war sie klein genug, um durch die Tür zu kommen
Скоро тя беше достатъчно малка, за да влезе през вратата
Sie rannte aus dem Haus
Тя избяга от къщата
Draußen wartete eine Menge kleiner Tiere und Vögel
тълпа от малки животни и птици чакаха отвън
alle kleinen Vögel und Tiere stürzten sich auf Alice
всички малки птички и животни се втурнаха към Алиса
aber sie rannte davon, so schnell sie konnte
Но тя избяга възможно най-бързо
und bald fand sie sich sicher in einem dichten Walde
и скоро се озова в безопасност в гъста гора
Alice irrte im Walde umher
Алиса се скиташе из гората
Und sie dachte bei sich:
и си помисли:
"Ich weiß, was ich zuerst zu tun habe"
"Знам какво трябва да направя първо"
"erst muss ich wieder auf meine richtige Größe wachsen"
"Първо трябва да порасна отново до правилния си размер"
"Und dann muss ich den Weg in diesen schönen Garten finden"
"И тогава трябва да намеря пътя си към тази прекрасна градина"
"Ich glaube, ich sollte irgendetwas essen oder trinken"
— Предполагам, че трябва да ям или да пия нещо или друго.

"Aber die Frage ist, was soll ich essen oder trinken?"
"Но въпросът е какво да ям или пия?"
Alice blickte sich um und betrachtete die Blumen
Алиса се огледа наоколо към цветята
Und sie schaute durch die Grashalme hindurch
и тя погледна през стръкчетата трева
aber sie konnte nichts zu essen und zu trinken sehen
но не виждаше нищо за ядене или пиене
Nichts sah nach dem Richtigen zum Essen oder Trinken aus
нищо не приличаше на правилното нещо за ядене или
пиене
In ihrer Nähe wuchs ein großer Pilz
Близо до нея растеше голяма гъба
der Pilz war ungefähr so groß wie Alice
гъбата беше приблизително същата височина като Алиса
Sie streckte sich auf den Zehenspitzen auf
Тя се протегна на пръсти
Und sie guckte über den Rand des Pilzes
и надникна през ръба на гъбата
Ihre Augen trafen sofort die Augen einer großen blauen
Raupe
Очите й веднага срещнаха очите на голяма синя гъсеница
Die Raupe saß auf der Spitze des Pilzes
гъсеницата седеше на върха на гъбата
und die Raupe hatte alle Arme gekreuzt
и гъсеницата беше кръстосала всичките му ръце
Und er rauchte leise eine lange Wasserpfeife
и тихо пушеше дълго наргиле
und er nahm nicht die geringste Notiz von irgendetwas
и не обърна ни най-малко внимание на нищо
und er achtete gewiß nicht auf Alice
и със сигурност не обърна внимание на Алис

Ratschläge von einer Raupe
Съвет от гъсеница
Endlich nahm die Raupe die Shisha aus dem Maul
Най-накрая гъсеницата извади наргилето от устата си
und er redete Alice mit einer trägen, schläfrigen Stimme an
и се обърна към Алис с вял, сънлив глас
"Wer bist du?" fragte die Raupe
— Коя си ти? — попита гъсеницата

Alice antwortete etwas schüchtern: "Ich weiß es kaum, Sir."
Алиса отговори доста срамежливо: — Едва ли знам, сър.
"Gerade im Moment ist alles ein bisschen..."
"Точно в момента всичко е малко..."
"Ich weiß, wer ich war, als ich heute Morgen aufgestanden bin."
"Знам коя бях, когато станах тази сутрин."
"aber ich glaube, ich muss mich seitdem mehrmals verändert haben"
— Но мисля, че оттогава трябва да съм се променила няколко пъти.

"Was meinst du damit?" sagte die Raupe
— Какво искаш да кажеш с това? — попита гъсеницата
Streng forderte die Raupe sie auf, sich zu erklären
Строго гъсеницата я помоли да се обясни
»Ich kann mich nicht erklären, fürchte ich, Sir«, sagte Alice
— Страхувам се, че не мога да си обясня, сър — каза Алиса
"weil ich nicht ich selbst bin"
"защото не съм себе си"
"Du siehst, es ist sehr verwirrend, so viele verschiedene
Größen an einem Tag zu haben"
"Виждате ли, да бъдеш толкова много различни размери
на ден е много объркващо"
Sie raffte sich auf und sagte sehr ernst:
Тя се изправи и каза много сериозно:
"Ich denke, du solltest mir zuerst sagen, wer du bist"
— Мисля, че първо трябва да ми кажеш кой си.
"Warum?" fragte die Raupe
— Защо? — каза гъсеницата
Alice fiel kein guter Grund ein
Алиса не можеше да измисли никаква основателна
причина
und die Raupe schien sich in einem sehr unangenehmen
Gemütszustand zu befinden
и гъсеницата изглеждаше в много неприятно състояние на
духа
also wandte sie sich ab
Затова тя се извърна.
"Komm zurück!" rief ihr die Raupe nach
- Върни се! - извика след нея гъсеницата
"Ich habe etwas Wichtiges zu sagen!"
— Имам да кажа нещо важно!
Alice drehte sich um und kam wieder zurück
Алиса се обърна и се върна отново
"Behalte die Fassung!" sagte die Raupe
— Запази самообладание — каза гъсеницата
»Ist das alles?« fragte Alice
— Това ли е всичко? — попита Алиса

und sie schluckte ihren Zorn hinunter, so gut sie konnte
и тя преглътна гнева си, доколкото можеше
"Nein!" sagte die Raupe
— Не — каза гъсеницата
Die Raupe breitete ihre Arme aus
гъсеницата разгърна ръцете си
Und er nahm die Shisha wieder aus dem Mund
и отново извади наргилето от устата си
Und er sagte: "Du glaubst also, du bist verändert, oder?"
и той каза: "Значи мислиш, че си се променил, нали?"
»Ich fürchte, ich bin verändert, Sir,« sagte Alice
— Страхувам се, че съм се променила, сър — каза Алиса
"Ich kann mich nicht mehr so an Dinge erinnern, wie ich sie früher in Erinnerung hatte"
"Не мога да си спомня нещата, както ги помнех"
"Und ich bleibe nicht länger als zehn Minuten gleich groß!"
— И не оставам със същия размер повече от десет минути!
"Wie groß willst du sein?" fragte die Raupe
- Какъв размер искаш да бъдеш? - попита гъсеницата
»Oh, es ist mir nicht besonders wichtig, wie groß ich bin«, erwiderte Alice hastig
— О, не ме интересува особено какъв размер съм — припряно отговори Алиса
"Ich mag es einfach nicht, so oft die Größe zu wechseln, weißt du"
"Просто не обичам да променям размера толкова често, нали знаеш"
"Ich würde gerne etwas größer sein, Sir"
— Бих искал да бъда малко по-голям, сър.
»wenn es dir nichts ausmacht,« fügte Alice hinzu
— Ако нямате нищо против — добави Алиса
"Zehn Zentimeter sind so eine erbärmliche Größe"
"Десет сантиметра е толкова жалка височина, за да бъдеш"
"Das ist wirklich eine sehr gute Höhe!" sagte die Raupe ärgerlich
— Наистина е много добра височина! — каза ядосано гъсеницата

und er richtete sich auf, während er sprach

и той се изправи, докато говореше

Er war genau zehn Zentimeter groß

Той беше точно десет сантиметра висок

In ein oder zwei Minuten war die Raupe vom Pilz heruntergekommen

След минута-две гъсеницата слезе от гъбата

und er kroch ins Gras

и той изпълзя в тревата

Als er sich entfernte, machte er einige kleine Bemerkungen

Докато си тръгваше, той направи няколко малки забележки

"Eine Seite lässt dich größer werden"

"Едната страна ще те накара да станеш по-висок"

"Und die andere Seite wird dich kleiner werden lassen"

"А другата страна ще те накара да станеш по-нисък"

"Eine Seite wovon?" dachte Alice bei sich

"От едната страна на какво?" помисли си Алиса

"Die andere Seite von was?"

— Другата страна на какво?

"Die Seite des Pilzes!" sagte die Raupe

— Страната на гъбата — каза гъсеницата

Es war, als hätte sie ihre Frage laut gestellt

сякаш беше задала въпроса си на глас

und im nächsten Augenblick war er außer Sichtweite

и в друг миг той изчезна от погледа

Alice blieb stehen und betrachtete den Pilz nachdenklich

Алиса продължи да гледа замислено гъбата

Sie versuchte herauszufinden, welche die beiden Seiten des Pilzes waren

Тя се опитваше да разбере кои са двете страни на гъбата

Endlich streckte sie ihre Arme um den Pilz

Най-накрая тя протегна ръце около гъбата

und sie brach ein Stück der Ränder ab

И тя счупи малко от краищата

»Und nun, welche Seite ist welche?« fragte sie sich

"А сега коя страна е?" попита си тя

und sie knabberte ein wenig von dem Stück der rechten
Hand

и тя захапа малко от дясната част

**Im nächsten Augenblick spürte sie einen heftigen Schlag
unter ihrem Kinn**

В следващия миг почувства силен удар под брадичката си

Ihr Kinn hatte ihren Fuß getroffen!

брадичката й беше ударила крака!

**Sie war sehr erschrocken über diese sehr plötzliche
Veränderung**

Тя беше много уплашена от тази много внезапна промяна

Sie schrumpfte sehr schnell

Тя се свиваше много бързо

Also aß sie schnell etwas von dem anderen Stück Pilz

така че тя бързо изяде част от другото парче гъба

Ihr Kinn war sehr eng gegen ihren Fuß gepresst

Брадичката й беше притисната много плътно към крака

Es war kaum Platz, um den Mund aufzumachen

нямаше място да отвори устата си

aber schließlich gelang es ihr, den Mund aufzumachen

но най-накрая успя да отвори устата си

und sie schluckte einen Bissen von dem linken Stück

и тя преглътна парченец от лявата ръка

»mein Kopf ist endlich frei!« sagte Alice

— Най-сетне главата ми е освободена! — каза Алиса

Sie blickte an sich herunter

Тя погледна надолу към себе си

aber alles, was sie sehen konnte, war ein ungeheurer Hals

но всичко, което можеше да види, беше огромна дължина
на врата

Ihr Hals schien sich wie ein Stiel zu erheben

вратът й сякаш се издигаше като стъбло

Und sie blickte auf ein Meer von grünen Blättern hinab

И тя погледна надолу към морето от зелени листа

"Wo sind meine Schultern geblieben?"

— Къде са стигнали раменете ми?

»Und ach, meine armen Hände, wie kommt es, daß ich euch

nicht sehen kann?«
— И о, бедни мои ръце, как така не мога да те видя?
Aber ihr Hals hatte einen Vorteil
Но вратът й имаше едно предимство
Sie konnte ihren Kopf in jede Richtung bewegen
можеше да движи главата си във всяка посока
Tatsächlich war sie wie eine Schlange
Всъщност тя беше като змия
Sie senkte anmutig ihren Kopf im Zickzack
Тя грациозно наведе глава на зигзаг
Und sie bewegte ihren Kopf durch die Bäume
И тя движеше глава между дърветата
Aber dann hörte sie ein scharfes Zischen
но след това чу рязко съскане
Und sie zog schnell den Kopf zurück
и бързо отдръпна глава назад
Eine große Taube war ihr ins Gesicht geflogen
Голям гълъб летеше в лицето й
und die Taube fuhr mit den Flügeln heftig zusammen
и гълъбът беше яростно с крилете си

»Schlange!« rief die Taube

— Змия! — извика гълъбът

"Ich bin keine Schlange!" sagte Alice entrüstet

— Аз не съм змия! — каза възмутено Алиса

"Laß mich in Ruhe!"

— Остави ме на мира!

"Ich habe die Wurzeln von Bäumen ausprobiert"

"Опитах корените на дърветата"

"Und ich habe es mit Hecken versucht", fuhr die Taube fort

— И аз съм опитвал жив плет — продължи гълъбът

»Aber diese Schlangen! Man kann es ihnen nicht recht machen!"

— Но тези змии! Няма как да им угодите!"

Alice war immer verwirrter

Алиса беше все по-озадачена

"Als ob es nicht schon Mühe genug wäre, die Eier auszubrüten!" sagte die Taube

— Сякаш не е достатъчно трудно да излюпвам яйцата — каза гълъбът

"Tag und Nacht muss ich mich auch vor Schlangen in Acht nehmen!"

— Денем и нощем трябва да се грижа за змии!

"Ich hatte gerade den höchsten Baum im Wald gefunden"

"Току-що бях намерил най-високото дърво в гората"

"Wäre ich hier sicher frei von Schlangen?"

— Със сигурност щях да бъда свободен от змии тук?

"Und heraus kommt eine Schlange vom Himmel!"

— И от небето излиза змия!

"Aber ich bin keine Schlange, sage ich dir!" sagte Alice

— Но аз не съм змия, казвам ти! — каза Алиса

"Ich bin ein... Ich bin ein... Ich bin ein kleines Mädchen«, fügte sie etwas zweifelnd hinzu

"Аз съм... Аз съм... Аз съм малко момиченце — добави тя доста съмнително

Schließlich hatte sie viele Veränderungen durchgemacht

В края на краищата тя беше преживяла много промени

"Du suchst Eier!" sagte die Taube

— Ти търсиш яйца — каза гълъбът
"Das weiß ich mit Sicherheit"
"Знам това със сигурност"
"Und was macht es aus, ob du ein kleines Mädchen oder eine Schlange bist?"
— И какво значение има дали си малко момиченце или змия?
»Es liegt mir sehr viel daran,« sagte Alice hastig
— Това е много важно за мен — каза Алиса припряно
"Aber ich bin nicht auf der Suche nach Eiern, wie es der Zufall will"
"но аз не търся яйца, както се случва"
"Und ich würde deine Eier sowieso nicht wollen"
— И така или иначе не бих искал твоите яйца.
"Ich mag meine Eier nicht roh"
"Не обичам яйцата си сурови"
»Nun, dann fort!« sagte die Taube in mürrischem Tone
— Е, тръгвай тогава! — каза гълъбът с намръщен тон
und die Taube ließ sich wieder in ihrem Nest nieder
и гълъбът се настани отново в гнездото си
Alice kauerte sich zwischen die Bäume, so gut sie konnte
Алиса приклекна между дърветата, доколкото можеше
Ihr Hals verfing sich immer wieder zwischen den Ästen
вратът й продължаваше да се заплита между клоните
Hin und wieder musste sie anhalten und ihren Hals aufdrehen
От време на време трябваше да спира и да развърта врата си
Nach einer Weile erinnerte sie sich an den Pilz
След известно време си спомни за гъбата
Sie hielt die Pilzstücke noch immer in ihren Händen
Тя все още държеше парчетата гъби в ръцете си
Und sie machte sich sehr vorsichtig an die Arbeit
и тя се зае да работи много внимателно
Zuerst knabberte sie an einem Stück
Първо тя захапа едно парче
Und dann knabberte sie an dem anderen Stück

и след това тя захапа другото парче
Manchmal wurde sie größer
понякога тя ставаше по-висока
und manchmal wurde sie kleiner
и понякога ставаше по-ниска
Aber schließlich erreichte sie ihre übliche Größe
но накрая тя достигна обичайната си височина
Sie war schon seit einiger Zeit nicht mehr so groß wie sie selbst
От известно време не беше на собствения си ръст
So fühlte sich alles eine Zeit lang seltsam an
Така че всичко се чувстваше странно за известно време
"Das nächste, was zu tun ist, ist, in diesen schönen Garten zu gehen"
"Следващото нещо, което трябва да направите, е да влезете в тази красива градина"
»wie soll man das machen?«
— Чудя се как да стане това?
Während sie dies sagte, stieß sie auf einen offenen Platz
Като каза това, тя се натъкна на открито място
Da war ein kleines Haus, etwas höher als einen Meter
Имаше малка къщичка, малко по-висока от метър
"Ich frage mich, wer in diesem kleinen Haus wohnt"
"Чудя се кой живее в тази малка къща"
"So groß wie ich bin, kann ich sicher nicht reingehen"
"Със сигурност не мога да вляза толкова голям, колкото съм"
"Ich würde sie fürchterlich erschrecken!"
— Бих ги изплашил ужасно!
Also knabberte sie wieder an dem kleinen Pilz
Затова тя отново захапа малката гъба
Und bald brachte sie sich dreißig Zentimeter tief
и скоро тя се свлече с трийсет сантиметра

Ein Schwein und etwas Pfeffer
Прасе и малко черен пипер

Ein oder zwei Minuten lang stand sie da und betrachtete das Haus

Минута-две тя стоеше и гледаше къщата

Plötzlich kam ein Lakai aus dem Walde gerannt

Изведнъж един лакей изтича от гората

Er trug eine spezielle Livree-Uniform

Той беше облечен в специална униформа

Seinem Gesicht nach zu urteilen, hätte sie ihn einen Fisch genannt

съдейки само по лицето му, тя щеше да го нарече риба

und er klopfte laut mit den Fingerknöcheln an die Tür

и той почука силно по вратата с кокалчетата на пръстите си

Die Tür wurde von einem anderen Lakaien geöffnet

вратата беше отворена от друг лакей

Auch dieser Lakai trug eine besondere Livree

Този лакей също носеше специална ливрея

Dieser Lakai hatte ein rundes Gesicht und große Augen wie ein Frosch

Този лакей имаше кръгло лице и големи очи като на жаба

Der Lakai, der wie ein Fisch aussah, leitete die Zeremonie ein

Лакеят, който приличаше на риба, започна церемонията

Er zog etwas unter seinem Arm hervor

Той извади нещо изпод мишницата си

Und er zog unter seinem Arm einen Umschlag hervor

и извади изпод мишницата си плик

und diesen Umschlag übergab er dem andern Lakaien

и този плик той предаде на другия лакей

In zeremoniellem Tone teilte er ihm die Befehle mit

С церемониален тон той му каза заповедите

"Diese Botschaft ist für die Herzogin"

"Това съобщение е за херцогинята"

"Eine Einladung der Königin zum Krocketspielen"

"Покана от кралицата да играе крокет"

Der Lakai, der wie ein Frosch aussah, wiederholte den Befehl

Лакеят, който приличаше на жаба, повтори заповедта

"Von der Königin"

"От кралицата"

"Eine Einladung"

"Покана"

"für die Herzogin"

"за херцогинята"

"Krocket spielen"

"Игра на крокет"

Dann verbeugten sie sich beide tief

След това и двамата се поклониха ниско

und die Locken in ihren Perücken verwickelten sich ineinander

и къдриците на перуките им се заплитаха

Bald war der Lakai, der wie ein Fisch aussah, verschwunden

Скоро лакеят, който приличаше на риба, изчезна

Aber der Lakai, der wie ein Frosch aussah, war immer noch da

но лакеят, който приличаше на жаба, все още беше там

Er saß auf dem Boden in der Nähe der Tür

той седеше на земята близо до вратата
Er starrte dumm in den Himmel
Той се взираше глупаво в небето
Alice ging schüchtern zur Tür und klopfte
Алиса плахо се приближи до вратата и почука
»Es hat keinen Zweck, anzuklopfen,« sagte der Lakai
— Няма смисъл да чукаме — каза лакеят
"Und das aus zwei Gründen"
"И това е по две причини"
"Erstens, weil ich auf der gleichen Seite der Tür stehe wie du"
— Първо, защото съм от същата страна на вратата като теб.
"Zweitens, weil sie drinnen so viel Lärm machen"
"Второ, защото вдигат толкова много шум вътре"
"Niemand könnte dich hören"
"Никой не може да те чуе"
Und es war gewiß ein höchst merkwürdiger Lärm im Innern
И със сигурност вътре се носеше необикновен шум
ein ständiges Heulen und Niesen
постоянно виене и кихане
und ab und zu ein Geräusch von großem Krachen
и от време на време звук на силен трясък
als ob eine Schüssel oder ein Wasserkocher in Stücke zerbrochen wäre
сякаш чиния или чайник са били счупени на парчета
"Wie soll ich da reinkommen?" fragte Alice
— Как да вляза? — попита Алиса
»Wollen Sie überhaupt hineinkommen?« fragte der Lakai
— Трябва ли изобщо да влезеш? — попита лакеят
"Das ist die erste Frage, weißt du"
"Това е първият въпрос, нали знаеш"
Alice öffnete die Tür und trat ein
Алиса отвори вратата и влезе
Die Tür führte direkt in eine große Küche
Вратата водеше право към голяма кухня
Die Küche war von einem Ende bis zum anderen voller

Rauch

Кухнята беше пълна с дим от единия до другия край

in der Mitte der Küche saß die Herzogin

в средата на кухнята беше херцогинята

Sie saß auf einem dreibeinigen Hocker

Тя седеше на трикрака табуретка

und sie stillte ein Baby

и кърмеше бебе

Die Köchin beugte sich über das Feuer

готвачът се беше навел над огъня

Er rührte einen großen Kessel

Той разбъркваше голям котел

und der Kessel schien mit Suppe gefüllt zu sein

и котелът изглеждаше пълен със супа

"Da ist sicher zu viel Pfeffer drin!" sagte Alice zu sich selbst

"Със сигурност има твърде много черен пипер в тази супа!" - каза си Алиса

Sie sagte es, so gut sie konnte, ohne zu niesen

Каза го колкото можеше, без да киха

Sogar die Herzogin nieste gelegentlich

Дори херцогинята кихаше от време на време

Aber die Handlungen des Babys waren am bemerkenswertesten

Но действията на бебето бяха най-забележителни

Das Baby nieste und heulte abwechselnd

бебето кихаше и виеше последователно

Es gab keinen Augenblick Pause zwischen Heulen und Niesen

нямаше нито миг пауза между виенето и кихането

Es gab zwei Kreaturen in der Küche, die nicht niesten

В кухнята имаше две същества, които не кихаха

Die Köchin war zu beschäftigt, um zu niesen

готвачът беше твърде зает, за да киха

Und die große Katze schien sich nicht an dem Pfeffer zu stören

и голямата котка изглежда нямаше нищо против пипера

Stattdessen grinste die große Katze von einem Ohr zum

anderen

Вместо това голямата котка се усмихваше от ухо до ухо

»Bitte, würdest du es mir sagen,« sagte Alice ein wenig
schüchtern

— Моля те, кажи ли ми — каза Алиса малко плахо

"Warum grinst deine Katze so?"

— Защо котката ти се усмихва така?

»Es ist eine Cheshire-Katze,« sagte die Herzogin

— Това е ширска котка — каза херцогинята

"Und deshalb grinst er von Ohr zu Ohr"

"И затова се усмихва от ухо до ухо"

"Ich wusste nicht, dass eine Cheshire-Katze immer grinst"

"Не знаех, че Чеширската котка винаги се усмихва"

"Eigentlich wusste ich nicht, dass Katzen grinsen können",
sagte Alice

— Всъщност не знаех, че котките могат да се усмихват —
каза Алис

»Es gibt vieles, was Sie nicht wissen,« sagte die Herzogin

— Има много неща, които не знаете — каза херцогинята

"Es gibt vieles, was man nicht weiß, und das ist eine
Tatsache"

"Има много неща, които не знаете и това е факт"

In diesem Augenblick nahm die Köchin den Kessel mit der
Suppe vom Feuer

Точно тогава готвачът свали котела със супа от огъня

Und sogleich fing sie an, alles in ihre Reichweite zu werfen

и веднага започна да хвърля всичко, което й беше на една
ръка разстояние

sie warf alles, was sie konnte, auf die Herzogin und das
Baby

хвърли всичко, което можеше по херцогинята и бебето

Zuerst warf sie die Feuereisen

Първо хвърли огнените железа

Dann warf sie eine Handvoll Töpfe

След това хвърли шепа тенджери

und schließlich warf sie die Teller und Schüsseln

и накрая хвърли чиниите и чиниите

Die Herzogin nahm keine Notiz von ihr

Херцогинята не я забеляза

Selbst als sie von einem Teller getroffen wurde, machte sie sich keine Sorgen

дори когато беше ударена от чиния, тя не се притесняваше

Das Baby heulte schon so viel

бебето вече виеше толкова много

Es war also unmöglich zu sagen, ob die Schläge das Baby verletzt haben oder nicht

така че беше невъзможно да се каже дали ударите са наранили бебето или не

"Oh, gib bitte acht, was du tust!" rief Alice

— О, моля те, внимавай какво правиш! — извика Алиса

und sie sprang in Todesangst des Entsetzens auf und ab

и тя подскачаше нагоре-надолу в агония от ужас

die Herzogin bot Alice das Baby an

херцогинята предложи на Алис бебето

»Hier! Du kannst das Kind ein wenig stillen, wenn du willst!«

— Тук! Можеш да кърмиш малко, ако искаш!

Und sie schleuderte das Kind nach ihr, während sie sprach

и тя хвърли бебето към себе си, докато говореше.

"Ich muss gehen und mich darauf vorbereiten, mit der Königin Krocket zu spielen"

"Трябва да отида и да се приготвя да играя крокет с кралицата"

und sie eilte aus dem Zimmer

и тя побърза да излезе от стаята

Alice fing das Baby mit einiger Mühe auf

Алис хвана бебето с известна трудност

weil es ein sehr seltsam geformtes kleines Wesen war

защото беше малко създание с много странна форма

Und das Kind streckte seine Arme und Beine nach allen Richtungen aus

и бебето протегна ръце и крака във всички посоки

"Das Kind nehme ich lieber mit!" dachte Alice

"По-добре да взема това дете със себе си", помисли си

Алиса

"Sie werden dieses Baby sicher in ein oder zwei Tagen töten"

"Те със сигурност ще убият това бебе след ден-два"

"Wäre es nicht Mord, dieses Baby zurückzulassen?"

"Няма ли да е убийство да оставиш това бебе?"

Sie sprach die letzten Worte laut aus

Тя каза последните думи на глас

Und das kleine Ding grunzte als Antwort

и малкото същество изсумтя в отговор

"Du verwandelst dich am besten nicht in ein Schwein, meine Liebe!" sagte Alice

— По-добре не се превръщай в прасе, скъпа моя — каза Алиса

"sonst habe ich nichts mehr mit dir zu tun"

— Иначе няма да имам нищо общо с теб.

Alice fing eben an, bei sich selbst zu denken:

Алиса тъкмо започваше да си мисли:

»Nun, was soll ich mit diesem Geschöpf anfangen, wenn ich es nach Hause bringe?«

— Сега, какво да правя с това същество, когато го прибера у дома?

Aber dann grunzte das kleine Geschöpf ein wenig heftig

Но тогава малкото същество изсумтя леко силно

und Alice sah ihm erschrocken ins Gesicht

и Алиса го погледна в лицето с някаква тревога

Diesmal konnte es keinen Irrtum geben

Този път не можеше да има грешка в това

Es war nicht mehr und nicht weniger als ein Schwein

беше нито повече, нито по-малко от прасе

Da setzte sie das kleine Geschöpf ab

Затова тя остави малкото същество долу

und das kleine Geschöpf trabte leise in den Wald hinein

и малкото същество тихо се отдалечи в гората

Alice war ziemlich erleichtert, als sie die Kreatur verschwinden sah

Алиса почувства голямо облекчение, когато видя

съществото да си отива

Alice erschrak ein wenig, als sie die Cheshire-Katze sah

Алиса беше малко стресната, когато видя Чеширския котарак

Er saß auf einem Ast eines Baumes, ein paar Meter entfernt

Седеше на клон на дърво на няколко метра от него

Die Katze grinste nur, als sie sie sah

Котката се усмихна само когато я видя

»Cheshire-Katze,« begann Alice etwas schüchtern

— Чеширска котка — започна Алиса доста плахо

»Würden Sie mir bitte sagen, welchen Weg ich von hier aus einschlagen soll?«

— Бихте ли ми казали накъде да тръгна оттук?

"In diese Richtung", sagte die Katze

— В тази посока — каза котката

Und er fuchtelte mit der rechten Pfote herum

и размаха дясната лапа наоколо

"In dieser Richtung lebt ein Hutmacher"

"В тази посока живее производител на шапки"

Und dann winkte die Katze mit der anderen Pfote

и тогава котката размаха другата си лапа

"Und in dieser Richtung wohnt ein Märzhase"

"И в тази посока живее мартенски заек"

»Besuchen Sie, wen Sie wollen; Sie sind beide verrückt"

— Посетете каквото искате; и двамата са луди"

»Aber ich will nicht unter Verrückte gehen«, bemerkte Alice

— Но не искам да ходя сред луди хора — отбеляза Алиса

"Ach, dafür kannst du nicht helfen!" sagte die Katze

— О, не можеш да се сдържиш — каза Котката

"Wir sind alle verrückt hier"

"Всички сме луди тук"

"Spielst du heute Krocket mit der Queen?"

— Днес ли играеш крокет с кралицата?

"Das würde ich sehr gerne!" sagte Alice

— Много ми се иска — каза Алиса

"aber ich bin noch nicht eingeladen worden"

"но все още не съм поканен"

"Du wirst mich dort sehen!" sagte die Katze
— Ще ме видите там — каза Котката
Und von einem Augenblick auf den anderen verschwand
die Katze
и от един момент на миг котката изчезваше.
bald kam Alice in Sichtweite des Hauses des Märzhasen
скоро Алиса видя къщата на маршовния заек
Das war ein sehr großes Haus
Това беше много голяма къща
Alice wollte also nicht in die Nähe des Hauses gehen
така че Алиса не искаше да се приближава до къщата
Zuerst musste sie noch etwas von dem linken Stück Pilz
knabbern
Първо трябваше да отхапе още малко от лявата страна на
гъбата

Eine verrückte Teeparty
Лудо чаено парти
Vor dem Haus stand ein Baum
Пред къщата имаше дърво
Und unter dem Baum stand ein Tisch
а под дървото имаше маса
und der Tisch war mit allerlei Besteck gedeckt
а масата беше подредена с всякакви прибори за хранене
Der Märzhase und der Hutmacher saßen bei Tisch
Мартенският заек и майсторът на шапки бяха на масата
und zusammen tranken sie Tee
и заедно пиеха чай
Ein Siebenschläfer saß zwischen ihnen
между тях седеше сънлива мишка
und der Siebenschläfer schlief fest
а сънливостта спеше дълбоко
Der Tisch war von außergewöhnlicher Größe
Масата беше с изключителни размери
Aber der größte Teil des Tisches war unbesetzt
но по-голямата част от масата беше незаета
Sie saßen dicht gedrängt an einer Ecke des Tisches
Те седяха скупчени заедно в единия ъгъл на масата
und doch entschuldigten sie sich, als sie Alice sahen
и въпреки това те се оправдаваха, когато видяха Алиса
»Kein Platz! Kein Platz!« schrien sie
— Няма място! Няма място! - извикаха те
»Es ist viel Platz!« sagte Alice entrüstet
— Има достатъчно място! — каза възмутено Алиса
An einem Ende des Tisches stand ein großer Sessel
В единия край на масата имаше голямо кресло
und Alice setzte sich in den Sessel
а Алиса седна в креслото
Der Hutmacher riss die Augen weit auf
Производителят на шапки отвори очи много широко
Er konnte nicht glauben, was er da sah
Не можеше да повярва на това, което виждаше
aber sein Geist war neugierig auf andere Dinge

но умът му беше любопитен за други неща
»Warum ist ein Rabe wie ein Schreibtisch?«
— Защо гарванът прилича на писалището?
Alice war offen für die Herausforderung
Алис беше отворена за предизвикателството
"Ich bin froh, dass sie angefangen haben, Rätsel zu stellen"
"Радвам се, че започнаха да си задават гатанки"
»Ich glaube, das kann ich erraten«, fügte sie laut hinzu
— Мисля, че мога да позная това — добави тя на глас
Der Märzhase wurde neugierig auf Alice
Марширущият заек се заинтересува от Алиса
"Glaubst du wirklich, dass du die Antwort finden kannst?"
— Наистина ли мислиш, че можеш да намериш отговора?
»Ich glaube, ich kann die Antwort finden,« sagte Alice
— Мисля, че наистина мога да намеря отговора — каза
Алиса
**»Dann sollst du sagen, was du meinst,« fuhr der Märzhase
fort**
— Тогава трябва да кажеш това, което имаш предвид —
продължи марширущият заек
»Ich sage, was ich meine,« erwiderte Alice hastig
— Казвам това, което имам предвид — припряно отвърна
Алиса
"Zumindest meine ich ernst, was ich sage"
"Най-малкото имам предвид това, което казвам"
"Das ist dasselbe, weißt du"
"Това е същото, нали знаеш"
Auch der Siebenschläfer trug zu dem Gespräch bei
Сънливостта също допринесе за разговора
Aber der Siebenschläfer schien im Schlaf zu sprechen
но сънливостта сякаш говореше в съня си
"Ich atme, wenn ich schlafe"
"Дишам, когато спя"
"Ich schlafe, wenn ich atme!"
"Спя, когато дишам!"
"Man könnte genauso gut sagen, dass sie auch gleich sind"
"Може да се каже, че и те са еднакви"

"So ist es auch bei dir!" sagte der Hutmacher

— Същото е и с теб — каза производителят на шапки

und er goß ein wenig Tee über die Nase des Siebenschläfers

и изля малко чай в носа на сънливостта

Das Murmelthier schüttelte ungeduldig den Kopf

Сънливата поклати глава нетърпеливо

Und wieder sprach das Murmelmaus, ohne die Augen zu öffnen

и отново заговори, без да отваря очи

"Natürlich, natürlich ist es dasselbe"

"Разбира се, разбира се, че е същото"

"Das wollte ich ja auch sagen"

"Точно това щях да кажа"

Der Hutmacher wandte sich an Alice und stellte eine weitere Frage

Производителят на шапки се обърна към Алис и зададе друг въпрос

"Hast du das Rätsel schon erraten?"
— Познахте ли вече загадката?
"Nein, ich gebe auf", gab Alice zu
— Не, отказвам се — призна Алис
"Was ist die Antwort?", wollte sie wissen
— Какъв е отговорът? — искаше да знае тя
»Ich habe nicht die geringste Ahnung,« sagte der Hutmacher
— Нямам ни най-малка представа — каза производителят на шапки
"Ich weiß es auch nicht!" sagte der Märzhase
— Нито знам — каза маршовният заек
Alice stieß einen müden Seufzer aus
Алиса въздъхна уморено
"Es gibt eine bessere Nutzung der Zeit als Rätsel ohne Antworten"
"Има по-добро използване на времето, отколкото гатанки без отговори"
»Trinken Sie noch etwas Tee,« sagte der Märzhase sehr ernst zu Alice
— Изпийте още чай — каза маршовският заек на Алиса много сериозно
Alice war ziemlich beleidigt über das Angebot
Алис беше доста обидена от предложението
»Ich habe noch keinen Tee getrunken,« erwiderte Alice
— Още не съм пила чай — отвърна Алиса
"Deshalb kann ich keinen Tee mehr trinken"
"Затова не мога да пия повече чай"
»Du meinst, weniger Tee kannst du nicht haben«, sagte der Hutmacher
— Искаш да кажеш, че не можеш да пиеш по-малко чай
— каза производителят на шапки
"Es ist sehr einfach, mehr als nichts zu nehmen"
"Много е лесно да вземеш повече от нищо"
Bei diesen Worten erhob sich Alice und ging fort
При тези думи Алиса стана и си тръгна
Der Siebenschläfer schlief augenblicklich ein
Сънливостта заспала мигновено.

und keiner der andern nahm die geringste Notiz davon, daß sie ging

и никой от другите не обърна ни най-малко внимание на нейното заминаване

obwohl sie ein- oder zweimal zurückblickte

въпреки че погледна назад веднъж или два пъти

Sie versuchten, den Siebenschläfer in die Teekanne zu stecken

Те се опитваха да сложат сънливостта в чайника

"Jedenfalls werde ich nie wieder dorthin gehen!" sagte Alice

— Във всеки случай никога повече няма да отида там! — каза Алиса

Und sie ging ihren Weg durch den Wald

И тя тръгна през гората

"Das war die dümmste Teeparty, auf der ich je war"

— Това беше най-глупавото чаено парти, на което съм била.

Gerade als sie das sagte, bemerkte sie etwas

Точно когато каза това, тя забеляза нещо

Einer der Bäume hatte eine Tür, die direkt hineinführte

Едно от дърветата имаше врата, водеща право към него

»Das ist sehr interessant!« dachte sie

"Това е много интересно!" – помисли си тя

"Ich denke, ich kann genauso gut durch die Tür gehen"

"Мисля, че мога да вляза през вратата"

Und durch die Tür ging sie

И тя влезе през вратата.

Wieder befand sie sich in der langen Halle

Тя отново се озова в дългата зала

Wieder stand sie dicht an dem kleinen Glastisch

Тя отново беше близо до малката стъклена масичка

Sie nahm den kleinen goldenen Schlüssel

Тя взе малкия златен ключ

und sie schloß die Tür auf, die in den Garten führte

и отключи вратата, която водеше към градината

Dann machte sie sich daran, an dem Pilz zu knabbern

След това се зае да гризе гъбата

Sie hatte ein Stück des Pilzes in ihrer Tasche aufbewahrt
Беше държала парче от гъбата в джоба си
Und schließlich war sie etwa einen Meter groß
и накрая беше висока около метър
dann ging sie den kleinen Korridor hinunter
След това тръгна по малкия коридор
**Und dann fand sie sich endlich in dem schönen Garten
wieder**
И тогава най-накрая се озова в красивата градина
**Und sie war zwischen den hellen Blumen und den kühlen
Springbrunnen**
и тя беше сред ярките цветя и хладните фонтани

Der Krocketplatz der Königinnen

Игрището за крокет на кралицата

Ein großer Rosenstrauch stand in der Nähe des Eingangs des Gartens

Голямо розово дърво стоеше близо до входа на градината

Die Rosen, die an dem Baum wuchsen, waren weiß

Розите, които растяха на дървото, бяха бели

aber es waren drei Gärtner, die die Rose bemalten

Но имаше трима градинари, които рисуваха розата

Sie waren damit beschäftigt, die Rosen rot zu färben

Те усърдно боядисваха розите в червено

und Alice sah zu, wie sie die Rosen rot färbten

а Алиса ги гледаше как боядисват розите в червено

und plötzlich fielen ihre Augen zufällig auf Alice

и изведнъж очите им случайно паднаха върху Алиса

Alice sprach ein wenig schüchtern

Алиса заговори малко плахо

»Würden Sie es mir bitte sagen?«

— Бихте ли ми казали, моля.

"Warum malt ihr alle diese Rosen?"

— Защо всички рисувате тези рози?

Fünf und Sieben sagten nichts, sondern sahen zwei an

Пет и седем не казаха нищо, но погледнаха две

zwei Sprecher, mit leiser Stimme

двама говориха с тих глас

»Nun, die Sache ist die, sehen Sie, gnädige Frau.«

— Ами, факт е, разбирате ли, госпожо.

"Das hier hätte ein roter Rosenstrauch sein sollen"

— Това тук трябваше да е червено розово дърво.

"Und wir haben aus Versehen einen weißen Rosenstrauch hineingesetzt"

"И по погрешка сложихме бяло розово дърво"

"Wie Sie mir zustimmen würden, darf die Königin es nicht herausfinden"

"Както бихте се съгласили, кралицата не трябва да разбере"

"Sonst würden wir uns allen die Köpfe abschneiden"

"В противен случай на всички щяхме да си отрежем главите"
"Sie sehen also, gnädige Frau, wir tun unser Bestes"
— Виждате ли, госпожо, даваме най-доброто от себе си.
Karte fünf hatte ängstlich über den Garten geschaut
Карта пета тревожно гледаше през градината
In diesem Augenblick rief die fünfte Karte: "Die Königin! Die Königin!"
В този момент петата карта извика: "Царицата! Кралицата!"
und die drei Gärtner eilten augenblicklich davon
и тримата градинари мигновено се втурнаха
und sie warfen sich flach auf ihre Gesichter
и те се хвърлиха по лица
Man hörte das Geräusch vieler Schritte
Чу се много стъпки
Alice sah sich um, begierig darauf, die Königin zu sehen
Алиса се огледа наоколо, нетърпелива да види кралицата
Am Anfang des Zuges standen zehn Soldaten
В началото на шествието бяха десет войници
Ihre Hände und Füße waren in den Ecken
ръцете и краката им бяха в ъглите
und in ihren Händen und Füßen waren Keulen
и в ръцете и краката им имаше тояги
Als nächstes kamen die zehn Höflinge
След това дойдоха десетте придворни
die Höflinge waren über und über mit Diamanten geschmückt
придворните бяха украсени навсякъде с диаманти
Nach den Höflingen kamen die königlichen Kinder
След придворните дойдоха царските деца
Es waren zehn der königlichen Kinder
Имаше десет от кралските деца
und alle königlichen Kinder waren mit Herzen geschmückt
и всички царски деца бяха украсени със сърца
Dann kamen die Gäste; Meist Könige und Königinnen
След това дойдоха гостите; предимно крале и кралици

und unter den Königen und Königinnen sah Alice jemander
и сред кралете и царицата Алиса видя някой
Sie sah wieder das weiße Kaninchen, das sie gejagt hatte
Тя отново видя белия заек, когото беше преследвала.
Der Prozession folgte der Spitzbube der Herzen
Шествието беше последвано от измамника на сърцата
Er trug die Krone des Königs
Той носеше кралската корона
und die Krone des Königs lag auf einem purpurnen Samtkissen
а короната на краля беше върху пурпурна кадифена възглавница
Und dann kam das Ende dieser großen Prozession
И тогава дойде краят на това грандиозно шествие
Und da waren am Ende der König und die Königin der Herzen
и там в края бяха кралят и царицата на сърцата
der Zug kam Alice gegenüber
процесията дойде срещу Алис
Und alle blieben stehen und sahen sie an
и всички спряха и я погледнаха
Und die Königin sprach streng: "Wer ist das?"
и царицата каза строго: "Кой е този?"
Sie sagte es zum Herzknaben
Тя го каза на Веела на сърцата
aber er verbeugte sich nur und lächelte als Antwort
Но той само се поклони и се усмихна в отговор
Alice sprach sehr höflich
Алиса говори много учтиво
"Mein Name ist Alice, also bitte, Eure Majestät"
"Казвам се Алис, така че моля Ваше Величество"
Aber sie hatte andere Gedanken für sich
но имаше други мисли за себе си
"Es ist doch nur ein Kartenspiel!"
— В края на краищата те са само тесте карти!
»Kannst du Krocket spielen?« rief die Königin
— Можеш ли да играеш крокет? — извика кралицата

Die Frage war offenbar an Alice gerichtet

Въпросът очевидно беше предназначен за Алис

"Ja!" sagte Alice laut

— Да! — каза Алиса високо

"Komm also spielen!" brüllte die Königin

— Елате да играете тогава! — изрева кралицата

sprach eine schüchterne Stimme zu Alice

плах глас заговори на Алис

"Es ist ein sehr schöner Tag!"

"Много хубав ден е!"

Sie ging an dem weißen Kaninchen vorbei

Тя вървеше покрай белия заек

und das weiße Kaninchen guckte ihr ängstlich ins Gesicht

а Белият заек надничаше тревожно в лицето й

»ein sehr schöner Tag,« bestätigte Alice

— Наистина много хубав ден — потвърди Алиса

»Wo ist die Herzogin?«

— Къде е херцогинята?

»Still! Still!" sagte das Kaninchen

— Тихо! Тихо! — каза Заекът

"Sie ist zum Tode verurteilt"

"Тя е осъдена на екзекуция"

»Wofür wird sie hingerichtet?« fragte Alice

— За какво я екзекутират? — попита Алиса

"Sie hat der Königin die Ohren abgewetzt", begann das Kaninchen

— Тя изтърка ушите на кралицата — започна заекът

schrie die Königin mit Donnerstimme

Кралицата извика с гръмотевичен глас

"Ran an eure Plätze!"

"Отидете на местата си!"

Und die Leute rannten in alle Richtungen herum

и хората започнаха да тичат във всички посоки.

Und sie fielen alle aneinander

и всички се преобърнаха един в друг.

Sie hatten sich jedoch in ein oder zwei Minuten beruhigt

Те обаче се успокоиха за минута или две

Und dann begann das Spiel

И тогава играта започна

Alice hatte noch nie einen so merkwürdigen Krocketplatz gesehen

Алиса никога не беше виждала толкова любопитно игрище за крокет

Das Gras bestand nur aus Graten und Furchen

тревата беше цялата хребети и бразди

Die Krocketbälle waren echte Igel

Топките за крокет бяха истински таралежи

und die Schlägel waren echte Flamingos

А чуковете бяха истински фламинго

und die Soldaten standen auf Händen und Füßen

и войниците стояха на ръце и крака

weil die Bögen aus ihren Körpern gemacht wurden

защото арките са направени от техните тела

Die Spieler spielten alle gleichzeitig

Всички играчи играха наведнъж

Niemand wartete, bis er an der Reihe war

никой не чакаше реда им

und jeder stritt sich mit jedem

и всички се скараха с всички

und alle kämpften für die Igel

и всички се биеха за таралежите

Bald geriet die Königin in eine wütende Leidenschaft

Скоро кралицата изпаднала в яростна страст

Und sie fing an, herumzustampfen und zu schreien

и тя започна да тропа наоколо и да крещи

»Hacken Sie ihm den Kopf ab!«

— Отрежете му главата!

"Hack ihr den Kopf ab!"

— Отрежете й главата!

"Hackt ihnen alle Köpfe ab!"

— Отрежете им главите!

Wieder dachte Alice bei sich.

Алиса отново си помисли

"Sie lieben es schrecklich, hier Menschen zu enthaupten"

"Те ужасно обичат да обезглавяват хора тук"

Das große Wunder ist, dass überhaupt noch jemand am Leben ist!"

"Голямото чудо е, че има някой останал жив!"

Sie sah sich nach einem Ausweg um

Тя търсеше някакъв начин за бягство

Sie bemerkte eine merkwürdige Erscheinung in der Luft

Тя забеляза любопитна поява във въздуха

»Es ist die Cheshire-Katze,« sagte sie zu sich selbst

"Това е чеширската котка", каза си тя

"Jetzt habe ich jemanden, mit dem ich reden kann"

"Сега ще имам с кого да говоря"

"Wie geht es dir?" fragte die Katze

— Как си? — попита котката

»Ich glaube nicht, daß sie ganz und gar fair spielen«, sagte Alice

"Не мисля, че играят изобщо честно", каза Алис

Und sie hatte einen ziemlich klagenden Ton

и имаше доста оплакващ тон

"Sie streiten sich alle so fürchterlich"

"Всички се карат толкова ужасно"

"Man hört sich selbst nicht sprechen"

"Човек не може да чуе себе си да говори"

"Und sie scheinen sich nicht an irgendwelche Regeln zu halten"

"И изглежда не играят по никакви правила"

die Katze stellte Alice mit leiser Stimme eine Frage

котката зададе въпрос на Алис с тих глас

"Wie gefällt dir die Königin?"

— Как ти хареса кралицата?

»Ich mag sie gar nicht,« sagte Alice

— Изобщо не я харесвам — каза Алис

Alice dachte, sie könnte genauso gut zurückgehen

Алиса си помисли, че може да се върне

Sie wollte sehen, wie das Spiel läuft

Искаше да види как върви играта

Sie machte sich auf die Suche nach ihrem Igel

Тя тръгна да търси таралежа си

Der Igel war damit beschäftigt, gegen einen anderen Igel zu kämpfen

Таралежът беше зает да се бори с друг таралеж

Das war eine ausgezeichnete Gelegenheit

Това беше отлична възможност

Sie konnte einen Igel mit dem anderen krocketen

можеше да крокетира единия таралеж с другия

Aber ihr Flamingo war auf der anderen Seite des Gartens

но фламингото й беше от другата страна на градината

Der Flamingo war ziemlich tollpatschig

Фламингото беше доста тромаво

Ihr Flamingo versuchte, gegen einen Baum zu fliegen

Фламингото й се опитваше да полети на дърво

Sie packte den Flamingo am Bein

Тя хвана фламингото за крака
Und sie schob sich den Flamingo unter den Arm
И тя прибра фламингото под мишницата си
So konnte der Flamingo nicht mehr entkommen
По този начин фламингото не можеше да избяга отново
In diesem Augenblick traf Alice zufällig die Herzogin
Точно тогава Алиса случайно срещна херцогинята
Die Herzogin war nun aus dem Gefängnis entlassen worden
Херцогинята вече беше излязла от затвора
Sie schob ihren Arm liebevoll unter Alices Arm
Тя нежно пъхна ръката си под мишницата на Алис
Und dann gingen sie zusammen fort
и след това си тръгнаха заедно
Alice war sehr froh, sie in so angenehmer Laune zu finden
Алиса много се зарадва, че я намери в толкова приятен нрав
Sie erschrak jedoch ein wenig
Тя обаче беше малко стресната
Sie hörte die Stimme der Herzogin dicht an ihrem Ohr
Тя чу гласа на херцогинята близо до ухото си
"Du denkst über etwas nach, meine Liebe"
- Мислиш за нещо, скъпа моя.
"Und das lässt dich das Reden vergessen"
"И това те кара да забравиш да говориш"
»Das Spiel geht jetzt etwas besser«, sagte Alice
"Мачът върви доста по-добре сега", каза Алис
Es war eine Möglichkeit, das Gespräch am Laufen zu halten
Това беше един от начините да се поддържа разговорът
»So ist es,« sagte die Herzogin
— Наистина е така — каза херцогинята
"Und die Moral davon ist folgende."
"И поуката от това е следната:
"Es ist die Liebe, die alles macht!"
"Любовта е тази, която прави всичко!"
"Liebe ist das, was die Welt bewegt"
"Любовта е това, което кара света да се върти"
Alice hatte eine andere Erklärung

Алис имаше друго обяснение
"Das macht jeder, der sich um seine eigenen Angelegenheiten kümmert!"
— Прави се от всеки, който си гледа работата!
»Ah, gut! Du könntest Recht haben"
— А, добре! Може и да си прав"
»Es bedeutet alles ziemlich dasselbe,« sagte die Herzogin
— Всичко това означава почти едно и също нещо — каза херцогинята
und sie grub ihr spitzes kleines Kinn in Alices Schulter
и тя заби острата си брадичка в рамото на Алис
"Und die Moral davon ist folgende"
"И поуката от това е следната"
"Kümmere dich um die Sinne"
"Погрижете се за сетивата"
"Und dann erledigen sich die Klänge von selbst"
"И тогава звуците ще се погрижат за себе си"
Aber dann fing der Arm der Herzogin an zu zittern
но тогава ръката на херцогинята започна да трепери
Alice blickte auf und da stand die Königin
Алиса вдигна поглед и там стоеше кралицата
Die Königin hatte die Arme verschränkt
Кралицата беше със скръстени ръце
Und sie runzelte die Stirn wie ein Gewitter!
и тя се мръщеше като гръмотевична буря!
»Ich warne dich!« schrie die Königin
— Справедливо ви предупреждавам — извика кралицата
Und sie stampfte auf den Boden, während sie sprach
и тя тропна по земята, докато говореше.
"Entweder dein Kopf oder ihr Kopf muss ausgeschaltet sein"
"Или главата ти, или главата й трябва да е изключена"
"Treffen Sie Ihre Wahl!"
"Направете своя избор!"
"Und beeilen Sie sich"
"И бъдете бързи"
Die Herzogin traf ihre Wahl
Херцогинята направи своя избор

und in einem Augenblick war die Herzogin verschwunden
и след миг херцогинята изчезна
Da sprach die Königin zu Alice
Тогава кралицата заговори с Алис
"Weiter geht's mit dem Spiel"
"Да продължим с играта"
Alice war zu erschrocken, um ein Wort zu sagen
Алиса беше твърде уплашена, за да каже и дума
und langsam folgte sie ihrem Rücken zum Krocketplatz
и тя бавно я последва обратно към игрището за крокет.
Die ganze Zeit stritt sich die Dame mit den anderen Spielern
през цялото време царицата се кареше с другите играчи
»Hacken Sie ihm den Kopf ab!«
— Отрежете му главата!
"Hack ihr den Kopf ab!"
— Отрежете й главата!
"Hackt ihnen alle Köpfe ab!"
— Отрежете им главите!
Bald waren alle Spieler in Gewahrsam
Скоро всички играчи бяха задържани
nur der König, die Königin und Alice blieben zurück
останаха само кралят, кралицата и Алиса
Da ging die Königin, ganz außer Atem
След това кралицата си тръгна, съвсем задъхана
und sie ging mit Alice fort
и си тръгна с Алис
Alice hörte, wie der König leise etwas sagte
Алиса чу краля тихо да казва нещо
"Ihr seid alle begnadigt"
"Всички сте помилвани"
aber plötzlich hörte man einen neuen Schrei
но изведнъж се чу друг вик
"Der Prozess beginnt!"
"Процесът започва!"
und Alice lief mit den andern
и Алиса хукна заедно с останалите

Wer hat die Torten gestohlen?

Кой открадна тартите?

Der Herzkönig und die Herzkönigin saßen

Царят и царицата на сърцата седяха

sie saßen auf ihrem Thron, als Alice ankam

те бяха на трона си, когато Алиса пристигна

Eine große Menschenmenge war um sie herum versammelt

около тях се събра голяма тълпа

Es gab allerlei kleine Vögel und Bestien

имаше всякакви малки птици и зверове

Und da war das ganze Kartenspiel

И там беше цялото колоде карти

Der Spitzbube stand in Ketten vor ihnen

Мошеникът стоеше пред тях, във вериги

und auf jeder Seite war ein Soldat, der ihn bewachte

и имаше по един войник от всяка страна, който да го пази

in der Nähe des Königs war das weiße Kaninchen

близо до краля беше белият заек

Er hatte eine Trompete in der einen Hand

Той държеше тромпет в едната си ръка

Und in der andern Hand hielt er eine Pergamentrolle

а в другата ръка имаше свитък от пергамент

In der Mitte des Platzes stand ein Tisch

В средата на двора имаше маса

Auf dem Tisch stand eine große Schüssel mit Torten

На масата имаше голямо ястие с тарти

**"Ich wünschte, sie würden den Prozess zu Ende bringen",
dachte Alice**

"Иска ми се да бяха приключили процеса", помисли си
Алиса

"Dann könnten wir etwas von diesen Erfrischungen essen!"

"Тогава бихме могли да изядем някои от тези освежителни
напитки!"

Der Richter war übrigens der König

Съдията, между другото, беше кралят

und er trug seine Krone über seiner großen Perücke

и носеше короната си върху голямата си перука.

»Das ist die Loge der Geschworenen!« dachte Alice

— Това е съдебната ложа — помисли си Алиса

"Und diese zwölf Geschöpfe, ich nehme an, sie sind die Geschworenen"

— И тези дванадесет същества, предполагам, че са съдебните заседатели.

einige waren Tiere, andere waren Vögel

някои са били животни, а други са били птици

In diesem Augenblick schrie das weiße Kaninchen auf

Точно тогава белият заек извика

"Schweigen im Gericht!"

"Тишина в съда!"

»Herold, lesen Sie die Anklage!« sagte der König

— Вестителю, прочети обвинението! — каза кралят
Das weiße Kaninchen blies drei Stöße auf die Trompete
Белият Заек наду три удара по тръбата
dann entrollte er die Pergamentrolle
След това разгъна пергаментния свитък
Und er las folgendes:
и той прочете следното:
"Die Königin der Herzen, sie hat ein paar Torten gebacken."
"Кралицата на сърцата, тя направи няколко тарти",
"All das tat sie an einem Sommertag"
"Всичко това тя направи в един летен ден"
"Der Schurke der Herzen, er hat diese Torten gestohlen"
"Мошеникът на сърцата, той открадна тези тарти"
"Und er hat diese Torten weit weg gebracht!"
— И той отнесе тези тарти далеч!
»Rufen Sie den ersten Zeugen,« sagte der König
— Повикайте първия свидетел — каза кралят
und das weiße Kaninchen blies drei Stöße auf die Trompete
и белият заек наду три звука на тръбата
»Bringt den ersten Zeugen!« rief er
— Доведете първия свидетел! — извика той
Der erste Zeuge war der Hutmacher
Първият свидетел беше производителят на шапки
Er kam mit einer Teetasse in der einen Hand herein
Той влезе с чаша чай в едната си ръка
Und in der anderen Hand hatte er ein Stück Brot und Butter
и имаше парче хляб и масло в другата ръка
»Du hättest fertig sein sollen,« sagte der König
— Трябваше да приключиш — каза кралят
"Wann hast du angefangen?"
— Кога започна?
Der Hutmacher schaute sich den Märzhasen an
Производителят на шапки погледна маршовия заек
Der Märzhase war ihm in den Hof gefolgt
Маршовият заек го беше последвал в двора
Er war Arm in Arm mit dem Siebenschläfer gegangen
Той вървеше ръка за ръка със сънливостта

»Ich glaube, es war der vierzehnte März«, sagte er

"Четиринадесети март, мисля, че беше", каза той

»Geben Sie Ihre Aussage,« sagte der König

— Дайте показанията си — каза кралят

"Und sei nicht nervös, sonst lasse ich dich auf der Stelle hinrichten"

"И не се нерви, иначе ще те екзекутират на място"

Das schien den Zeugen überhaupt nicht zu ermutigen

Това изобщо не окуражава свидетеля

Er rutschte immer wieder von einem Fuß auf den anderen

Той продължаваше да се движи от единия крак на другия

und er sah die Königin unruhig an

и погледна неспокойно кралицата

und in seiner Verwirrung biß er ein großes Stück aus seiner Teetasse

и в объркване той отхапа голямо парче от чашата си

Eigentlich wollte er von seinem Brot und seiner Butter beißen

наистина той искаше да отхапе от хляба и маслото си

In diesem Augenblick fühlte Alice eine sehr merkwürdige Empfindung

Точно в този момент Алиса изпита много любопитно усещане

Sie fing an, wieder größer zu werden

Тя отново започваше да става по-голяма

Der unglückliche Hutmacher ließ seine Teetasse fallen

Нещастният производител на шапки изпусна чашата си

und das Brot und die Butter fielen zu Boden

и хлябът и маслото паднаха на земята

und er fiel auf die Knie

и падна на едно коляно

»Ich bin ein armer Mann, Eure Majestät,« begann er

— Аз съм беден човек, ваше величество — започна той

»Du bist ein sehr schlechter Redner,« sagte der König

— Вие сте много лош оратор — каза кралят

»Du darfst gehen,« sagte der König

— Можете да тръгнете — каза кралят

und der Hutmacher verließ eilig den Hof

и майсторът на шапки бързо напусна двора

»Rufen Sie den nächsten Zeugen her!« sagte der König

— Повикайте следващия свидетел! — казал царят

Der nächste Zeuge war die Köchin der Herzogin

Следващият свидетел беше готвачът на херцогинята

Sie trug die Pfefferdose in der Hand

Тя носеше кутията с пипер в ръката си

Und die Leute in der Nähe der Tür fingen auf einmal an zu niesen

и хората близо до вратата започнаха да кихат изведнъж

»Geben Sie Ihre Aussage,« sagte der König

— Дайте показанията си — каза кралят

»Ich will nichts beweisen,« sagte die Köchin

— Няма да дам никакви показания — каза готвачът

Der König sah das weiße Kaninchen ängstlich an

Царят погледна тревожно белия заек

Und das weiße Kaninchen sprach mit leiser Stimme

и белият заек заговори с тих глас

"Eure Majestät müssen diesen Zeugen ins Kreuzverhör nehmen"

"Ваше Величество трябва да подложи на кръстосан разпит този свидетел"

»Nun, wenn ich muß, so muß ich,« sagte der König

— Е, ако трябва, трябва — каза кралят

"Woraus bestehen Torten?"

"От какво са направени тартите?"

»Torten werden meistens aus Pfeffer gemacht«, sagte die Köchin

"Тартите се правят предимно от черен пипер", каза готвачът

Einige Minuten lang war der ganze Hof in Verwirrung

В продължение на няколко минути целият двор беше в объркване

Schließlich ließen sie sich alle wieder nieder

В крайна сметка всички се успокоиха отново

Aber da war die Köchin schon verschwunden

но дотогава готвачът беше изчезнал
»Macht nichts!« sagte der König
— Няма значение! — каза кралят
"Rufen Sie den nächsten Zeugen in den Zeugenstand"
"Призовавайте на трибуната следващия свидетел"
Alice beobachtete das weiße Kaninchen, wie es an der Liste herumfummelte
Алиса наблюдаваше белия заек, докато той ровеше в списъка
Sie können sich vorstellen, wie überrascht sie war, als sie das hörte, was sie als nächstes hörte
можете да си представите изненадата й от това, което чу след това
Mit lauter schriller kleiner Stimme rief er den Namen »Alice!«
с пълния си писклив глас той извика името "Алис!"

Alices Beweise

Доказателствата на Алис

»Hier!« rief Alice

— Тук! — извика Алиса

Sie sprang in großer Eile auf

Тя скочи много бързо

und sie kippte die Geschworenenloge um

и тя преобърна ложата на съдебните заседатели

und sie warf alle Geschworenen um

и събори всички съдебни заседатели

und sie fielen auf die Köpfe der Menge unten

И те паднаха върху главите на тълпата долу

Alice war in großer Bestürzung

Алиса беше в голям ужас

»Oh, ich bitte um Verzeihung!« rief sie aus

— О, моля за извинение! — възкликна тя

»Der Prozeß kann nicht fortgesetzt werden,« sagte der König

— Процесът не може да продължи — каза кралят

"Die Geschworenen müssen wieder an ihre angestammten Plätze zurückkehren"

"Съдебните заседатели трябва да се върнат на местата си"

Er wiederholte den Befehl mit großem Nachdruck

той повтори заповедта с голямо наблягане

und er sah Alice streng an

и той погледна Алиса строго

"Was weißt du über diese Ereignisse?" fragte der König Alice

— Какво знаеш за тези събития? — попита кралят Алиса

»Ich weiß nichts von der Sache,« sagte Alice

— Не знам нищо по въпроса — каза Алиса

Dann las der König aus seinem Buch vor

След това кралят прочете от книгата си

"Regel zweiundvierzig"

"Правило четиридесет и второ"

"Alle Personen, die mehr als eine Meile hoch sind, sollen das Gericht verlassen"

"Всички лица на височина над една миля трябва да

напуснат съда"
»Ich bin keine Meile hoch,« sagte Alice
— Не съм висока и една миля — каза Алис
»Fast zwei Meilen hoch,« sagte die Königin
— Почти две мили висок — каза кралицата

»Nun, ich weigere mich zu gehen,« sagte Alice
— Е, отказвам да отида — каза Алиса
Der König erbleichte
Кралят пребледнял
und er schloß hastig sein Notizbuch
и той бързо затвори бележника си
**»Überlegen Sie sich Ihr Urteil«, sagte er zu den
Geschworenen**
"Обмислете присъдата си", каза той на съдебните
заседатели
Er sprach mit leiser, zitternder Stimme
Той заговори с нисък, треперещ глас
Da sprach das weiße Kaninchen
тогава белият заек проговори
"Es werden noch mehr Beweise kommen"

"Предстоят още доказателства"
und er sprang in großer Eile auf
и той скочи в голяма бързина
"Dieses Papier wurde gerade abgeholt"
"Тази статия току-що беше взета"
"Es scheint ein Brief des Gefangenen zu sein"
"Изглежда, че това е писмо, написано от затворника"
Er faltete das Papier auseinander, während er sprach
Той разгъна листа, докато говореше
"Es ist doch kein Brief"
"В края на краищата това не е писмо"
"Was es war, war eine Reihe von Versen"
"Това, което беше, беше набор от стихове"
»Bitte, Eure Majestät,« sagte der Spitzbube
— Моля ви, ваше величество — каза мошеникът
"Ich habe diese Verse nicht geschrieben"
"Аз не съм написал тези стихове"
"und sie können nicht beweisen, dass ich etwas geschrieben habe"
"и не могат да докажат, че съм написал нещо"
"Am Ende ist kein Name unterschrieben"
"Няма подписано име в края"
Der König sprach mit dem Spitzbuben
Царят говори на мошеника
"Du musst vorgehabt haben, Unheil anzurichten"
— Сигурно си искал да причиниш някаква пакостиня.
"Sonst hättest du wie ein ehrlicher Mann unterschrieben"
"Иначе щеше да се подпишеш като честен човек"
Es gab ein allgemeines Händeklatschen
Последва общо пляскане с ръце
Und der König wandte sich an das weiße Kaninchen
и царят се обърна към белия заек
»Lest die Verse!« befahl er.
— Прочети стиховете — заповяда той
Es herrschte Totenstille im Gerichtssaal
В съда настъпи мъртва тишина
und das weiße Kaninchen las die Verse vor

и белият заек прочете стиховете
Sie sagten mir, du wärst bei ihr gewesen
Казаха ми, че си бил при нея.
Und sie erwähnten mich ihm gegenüber
И те му споменаха за мен
Sie gab mir einen guten Charakter
Тя ми даде добър характер
Aber sie sagte, ich könne nicht schwimmen
Но тя каза, че не мога да плувам
Er ließ ihnen wissen, dass ich nicht gegangen sei
Той им изпрати съобщение, че не съм отишъл
Wir wissen, dass es wahr ist
Знаем, че е истина.
Wenn sie die Sache vorantreiben sollte, was würde aus dir werden?
Ако тя продължи въпроса, какво ще стане с вас?
Ich gab ihr einen, sie gaben ihm zwei
Аз й дадох една, те му дадоха две
Du hast uns drei oder mehr gegeben
Ти ни даде три или повече
Sie sind alle von ihm zu dir zurückgekehrt
Всички те се върнаха от него при теб.
obwohl sie vorher meine waren
въпреки че преди бяха мои,
Wenn ich oder sie die Chance haben sollte,
Ако аз или тя трябва да бъда
Wenn ich oder sie in diese Affäre verwickelt wäre
Ако аз или тя бях замесен в тази афера,
Er vertraut auf dich, dass du sie befreien wirst
Той ти се доверява да ги освободиш
Genau so wie wir waren
Точно такива, каквито бяхме
Ich hatte den Eindruck, dass Sie
Моята представа беше, че ти си била.
Bevor sie diesen Anfall hatte
Преди да получи този пристъп
Ein Hindernis, das dazwischen kam

Препятствие, което се появи между

Er und wir und es

И той, и ние, и той.

Lass ihn nicht wissen, dass sie ihr am besten gefallen haben

Не му позволявай да знае, че ги харесва най-много

Denn dies muss für immer ein Geheimnis bleiben, das vor allen anderen verborgen bleibt

Защото това трябва да бъде завинаги тайна, пазена от всички останали

Dieses Geheimnis muss ein Geheimnis zwischen dir und mir bleiben

Тази тайна трябва да остане тайна между теб и мен.

Der König war sehr beeindruckt

Кралят беше много впечатлен

"Das ist das wichtigste Beweisstück, das wir bisher gehört haben"

"Това е най-важното доказателство, което сме чували досега"

»Ich glaube nicht, daß diese Verse auch nur ein Atom Bedeutung haben,« wandte Alice ein

— Не вярвам, че тези стихове носят атом от смисъл — възрази Алиса

der König hatte seine eigene Meinung zu dieser Angelegenheit

кралят имаше свое мнение по въпроса

"Wenn diese Worte keinen Sinn haben, erspart das eine Menge Ärger"

"Ако няма смисъл в тези думи, това спасява цял свят от неприятности"

"Dann brauchen wir nicht zu versuchen, den Sinn zu finden"

"Тогава не е нужно да се опитваме да намерим смисъла"

"Lassen Sie die Geschworenen über ihr Urteil nachdenken"

"Нека съдебните заседатели обсъдят присъдата си"

»Nein, nein!« sagte die Königin

— Не, не! — каза кралицата

"Erst die Verurteilung, dann das Urteil"

"Първо произнасяне на присъда, след това присъда"
"Zeug und Unsinn!" sagte Alice laut
— Глупости и глупости! — каза Алиса високо
"Wie dumm ist es, den Angeklagten zuerst zu verurteilen!"
"Колко глупаво е да осъдиш подсъдимия пръв!"

»Schweige!« sagte die Königin und färbte sich violett an
— Млъкни — каза царицата и почервеняла
"Ich werde nicht den Mund halten!" sagte Alice
— Няма да си държа езика! — каза Алиса
schrie die Königin aus voller Kehle
Кралицата извика с пълен глас
"Hack ihr den Kopf ab!"
— Отрежете й главата!
Niemand machte eine Bewegung
Никой не направи движение
"Wen kümmert es, was du sagst?" sagte Alice
— На кого му пука какво казвате? — попита Алиса

Zu diesem Zeitpunkt war sie bereits zu ihrer vollen Größe herangewachsen

По това време тя беше пораснала до пълния си размер

"Du bist nichts als ein Kartenspiel!"

— Ти не си нищо друго освен тесте карти!

Bei diesen Worten hoben sich alle Karten in die Luft

При това всички карти се издигнаха във въздуха

und alle Karten flogen auf sie herab

и всички карти полетяха върху нея

Sie stieß einen kleinen Schrei aus

Тя изкрещя леко,

Sie war halb erschrocken, aber auch wütend

Тя беше наполовина уплашена, но и ядосана

Und sie versuchte, sich gegen die Karten zu wehren

И тя се опита да се пребори със себе си

Und dann fand sie sich auf der Grasbank liegend

и тогава се озова да лежи на тревния бряг

Ihr Kopf lag im Schoß ihrer Schwester

главата й беше в скута на сестра й.

Einige abgestorbene Blätter waren auf ihrem Gesicht gelandet

Няколко мъртви листа бяха паднали върху лицето й

und ihre Schwester wischte vorsichtig die Blätter weg

а сестра й нежно избърсва листата

»Wach auf, liebe Alice!« sagte die Schwester

— Събуди се, Алис, скъпа! — каза сестра й

"Was für einen langen Schlaf hast du gehabt!"

— Какъв дълъг сън имахте!

"Oh, ich habe so einen merkwürdigen Traum gehabt!" sagte Alice

— О, сънувах толкова странен сън! — каза Алиса

Und sie erzählte ihrer Schwester alles, woran sie sich erinnern konnte

И разказа на сестра си всичко, което можеше да си спомни

all die seltsamen Abenteuer, von denen Sie gerade gelesen haben

всички странни приключения, за които току-що

прочетохте
Alice stand auf und rannte davon
Алис стана и побягна
Und während sie lief, dachte sie an ihren Traum
и докато тичаше, тя си мислеше за съня си
"Was für ein wunderbarer Traum das gewesen war!"
— Какъв прекрасен сън беше!

www.tranzlaty.com